KB076724

"

흔들리지 않고 단단한 사람이 되는
마음공부 워크북

흔들리지 않고 단단한 사람이 되는 마음공부 워크북

발행   2020년 10월 14일
저자   진미쌤
펴낸이   한건희
펴낸곳   주식회사 부크크
출판사등록 2014. 07. 15(제2014-16호)
주소   서울특별시 금천구 가산디지털1로 119 A동 305호
전화   1670-8316
E-mail   info@bookk.co.kr
ISBN   979-11-372-2050-8

www.bookk.co.kr

"

흔들리지 않고 단단한 사람이 되는

마음공부 워크북

진미쌤 지음

프롤로그

세상에 있는 가시밭길을 모두 포장할 수는 없습니다.
하지만 내가 튼튼한 강철신발을 신고 있다면 어떨까요.
아무리 험한 가시밭길도 당당하고 여유롭게 걸어갈 수 있겠죠.

강철 신발은 건강한 마음입니다. 건강한 마음을 가지면 어떤 상황
도 여유롭게 해결해 나갈 수 있습니다. 외부 환경에 크게 영향을
받지 않고 평화로운 내면 상태를 만들 수 있습니다.

그런 마음을 갖기 위해서는 어떻게 해야 할까요.

내 마음을 들여다보고, 마음을 돌보고, 때로는 마음을 훈련시켜야
합니다. 저는 이 과정을 '마음공부'라고 부릅니다.

예전의 저는 마음이 참 아픈 사람이었습니다. 열등감과 가난 콤플
렉스로 가득 차 있었죠. 어렸을 때부터 어려웠던 집안 사정 때문에
빚쟁이들이 찾아오고, 집이 경매에 넘어가기도 했습니다. 오랫동안
아프셨던 어머니는 거의 매년 병원 생활을 하셨습니다. 저는 장녀
로서 어마어마한 책임감과 부담감을 안고 살았습니다. 세상을 탓하
고, 신을 원망하고, 부정적인 시선으로 세상을 보는 사람이었습니
다.

그 상황에서 벗어나고 싶은 마음 때문에 악착같이 독하게 공부했습니다. 마음을 굳게 다지며 공부에만 몰두했습니다. 그 결과 서울대에 입학할 수 있었지만, 대학에서도 부유하고 뛰어난 사람들 속에서 열등감에 시달렸습니다. 나의 집안 사정이 부끄러워 꽁꽁 숨겼습니다. 자존감은 낮아지고, 우울함은 더해져만 갔습니다. '열심히 공부해서 좋은 대학 가면 행복해지는 줄 알았는데, 왜 마음이 힘들고 괴로울까.' 고민하는 날이 많았습니다.

그랬던 제가 마음공부를 하면서 변하기 시작했습니다.

가장 큰 변화는 나를 있는 그대로 사랑하게 된 것입니다. 가난 콤플렉스를 가졌고, 남의 시선에 너무 민감하고, 열등감이 가득한 나를 이해하게 되었습니다. 내가 어떤 것을 좋아하고 원하는지도 명확히 알게 되었습니다. 원하는 삶의 방향을 설정할 수 있었고, 더 만족스러운 삶을 살 수 있게 되었습니다.

그리고 지금 이 순간에 집중할 수 있게 되었습니다. 더 이상 환경과 조건을 탓하지 않게 되었습니다. 오히려 주어진 것에 감사하게 되었습니다. 과거를 후회하며 우울해하지 않습니다. 미래를 불안해하지도 않습니다. 그저 지금 이 순간에 집중하며 평온하게 머물 수 있게 되었습니다. '지금 열심히 해서 언젠가 행복해질 거야.'라고 다짐하는 것이 아니라 지금 이 순간 행복을 느낄 수 있게 되었습니다.

마지막으로 마음이 편안하고 가벼워졌습니다. 더 이상 내 삶에 '문제'가 있다고 생각하지 않습니다. 이젠 어떤 상황이든 좀 더 가볍게 바라볼 수 있게 되었습니다. 격한 감정에 휩싸이지도 않습니다. 그렇다고 감정을 꾹꾹 눌러 참지도 않습니다. 일어나는 감정과 생각을 고요하게 지켜볼 수 있게 되었습니다.

내 마음을 들여다보고, 돌보고, 다스렸을 뿐인데 이토록 삶이 변하게 된 것입니다.

이 책은 그동안 제가 변할 수 있었던 마음공부 방법을 담은 책입니다. 목차를 보면 하나같이 '~한 당신에게'라는 제목을 갖고 있습니다. 목차에서 가리키고 있는 모든 당신은 예전의 제 모습이었습니다.

그동안 유튜브 채널 '지혜충전소'에 올렸던 영상을 바탕으로 여러분도 마음공부를 직접 실천할 수 있도록 내용을 분류하고 다듬었습니다. 저와 비슷한 어려움을 겪은 분들에게 조금이나마 도움을 드리고 싶은 마음으로 글을 정리했습니다.

제가 어떤 경지에 이르렀기 때문에 책을 출간하는 것이 아닙니다. 저도 계속 마음을 들여다보고, 돌보고, 다스리는 중입니다. 그저 누군가에게는 이 책이 자신의 마음을 깊이 들여다보게 해주는 계기가 되었으면 좋겠습니다.

부디 이 책이 여러분의 마음을 들여다보고, 돌보고, 다스리는 데 조금이나마 도움이 되기를 바랍니다.

2020. 10.
진미쌤 드림.

제1장

나를 이해하고 사랑하고 싶다면

나를 사랑하고 싶은 당신에게

나를 사랑하고 존중하는 것은 인생에서 가장 중요한 일 중 하나입니다. 하지만 자존감이 낮은 사람에게 나를 사랑하기란 말처럼 쉽지 않습니다. 도대체 왜 그럴까요?

우리는 성장하면서 주변 사람과 나를 비교하는 것을 당연하게 받아들이게 되었습니다. 집에서는 엄마 친구 아들과 비교를 당하고, 학교에서는 성적으로 평가받고, 사회에서는 돈이나 지위로 평가를 받습니다.

너무나 잘난 엄마 친구 아들과 비교를 당하며 '나는 능력이 부족해.'라고 생각합니다. 학교에서 받은 성적표를 보며 '나는 이 정도밖에 안 되는 사람이야.'라고 생각합니다. 나보다 돈이 많고 지위가 높은 사람과 비교하며 '나는 왜 이렇게 무능할까'라는 생각을 합니다.

이런 생각들이 반복될수록 '나는 못난 사람이다'라는 믿음은 점차 굳어집니다. 이 신념은 무의식 속에 자리 잡아 자동적으로 작동하게 됩니다. 따라서 나에 대한 신념을 바꾸는 것은 쉽지 않습니다.

자기의 나이만큼이나 반복되고 강화되어 굳어진 믿음이니까요.

살면서 자신의 가치를 낮게 평가해 온 사람은 스스로를 사랑하고 존중하고 싶어도 자신의 부족한 점들이 너무 많이 보입니다. 다른 사람들의 평가에 온 신경을 쏟게 됩니다. 그들이 어떻게 나를 판단하느냐에 따라 스스로의 가치를 다르게 평가합니다. 나 자신의 가치에 대한 확신이 없기 때문입니다.

저도 그랬습니다. 자기 전에 누워서 하루 동안 했던 말과 행동을 복기하면서 '내가 남들에게 어떻게 보였을까'에 대해 한참을 생각하곤 했습니다. 평소보다 말을 많이 한 날은 나의 말과 행동을 되새김질하느라 잠을 제대로 못 잘 정도였습니다. 내가 초라하거나 무능하다고 자주 생각했습니다. 스스로에게 너그럽지 못하고 엄격했습니다. 때로는 누군가가 나타나 나를 이 절망 속에서 구원해주기를 바라기도 했습니다.

나름대로 자존감을 회복하기 위해 나의 장점 리스트도 적어보고, 나를 사랑해보려고 노력했습니다. 하지만 나를 사랑하는 것이 마음에 와 닿지 않았습니다. '나를 사랑해야해.', '나는 괜찮은 사람이야.'라고 스스로를 설득해 봐도 마음은 동의하지 않았습니다.

나중에서야 나를 사랑하는 것은 객관적인 판단의 영역이 아니라 주관적인 믿음의 영역이라는 것을 깨달았습니다. '설득'이 필요한 것이 아니었습니다. 단지 내가 가치 있는 사람이라는 '믿음'만이 필요한 것이었습니다.

아무리 잘 나고 대단해 보이는 사람이라도 자신의 가치를 낮게 평가하면 그 사람은 자신을 사랑할 수 없습니다. 반대로 못나고 무능해 보이는 사람이라도 스스로의 가치를 높게 평가하는 사람이라면 그 사람은 자신을 사랑할 수 있습니다.

즉, 나의 가치는 내가 정하는 것입니다. 내가 가치 있고 멋진 사람이라는 것을 그저 믿고 사랑하면 되는 것이었습니다.

영화 〈I feel pretty〉를 본 적이 있나요? 주인공 르네는 통통한 자신의 외모에 늘 불만족하며, 날씬하고 몸매 좋은 여성을 부러워합니다. 좋아하는 명품 화장품 브랜드의 안내데스크 직원에 지원하고 싶지만, 외모 때문에 탈락할거라 확신하며 망설입니다.

그러던 그녀에게 기적이 일어납니다. 운동하다가 넘어져 머리를 심하게 부딪쳤는데, 머리에 이상이 생겨 자신이 예뻐 보이게 된 것입니다. 객관적으로 그녀의 몸매는 그대로이지만, 그녀는 자신이 아름다워졌다고 믿게 됩니다.

스스로가 예쁘다는 걸 믿고 자신감 넘치게 행동하자 원하던 안내데스크 직원에도 합격하고, 꿈꾸던 남자에게 대시도 받고, 남자친구도 생깁니다. 그저 자신이 아름답고 매력 있다고 믿었을 뿐인데, 정말 매력 넘치는 사람이 된 것입니다. 자신에 대한 믿음이 얼마나 강력한 힘을 발휘하는지 보여주는 영화였습니다.

자존감이 믿음의 문제라는 것을 깨달은 후 저는 스스로에 대한 믿음을 바꾸기 위해 확언을 시작했습니다. 매일 매일 스스로에게 이렇게 말했습니다. '나는 충분히 가치 있고 유능한 사람이야.', '나는 좋은 영향력을 끼치는 사람이야.', '나는 가능성이 무한한 존재야.'

이런 확언들을 책상 앞에 써놓고 자주 읽어보고, 휴대전화 바탕화면에도 적어놓았습니다. 확언을 읽는 음성을 녹음해서 알람 소리로도 활용했습니다. 그렇게 매일 매일 확언을 시작한지 100일정도 지나자 나에 대한 부정적인 믿음이 점차 긍정적으로 변하는 것을 느꼈습니다. 처음엔 약간 민망했지만, 점점 더 내가 말하는 확언을 믿게 되었습니다. 나를 비난하는 습관에서 벗어나 나를 칭찬하고 다독이는 습관이 생겼습니다. 자연스럽게 건강한 자존감을 회복할 수 있었습니다.

확언이 효과가 있는 이유는 분명합니다. 앞에서 언급했듯이 어렸을 때부터 '나는 부족해.', '난 못났어.', '난 이 정도밖에 안 돼.'라는 생각을 해왔던 것이 자존감이 낮아진 원인이기 때문입니다. 따라서 '나는 온전해.', '난 가치 있고 유능한 사람이야.', '나는 가능성이 무한한 존재야.'와 같은 말을 나에게 반복해줌으로써 스스로에 대한 신념을 조금씩 바꿔주는 것입니다.

'혼잣말이 무슨 효과가 있겠어?'라는 의심이 든다면, 직접 50일간 실험해보세요. 뒷장에 확언을 만들고 실천해볼 수 있는 페이지를 마련했습니다. 많은 분들이 처음에는 확언이 오글거린다고 말하지만 21일, 50일, 100일 동안 확언하기 미션을 달성하면서 스스로에 대한 애정이 넘치고 자신감이 생겼다고 말합니다. 직접 실험해보고 결과를 확인해보세요.

인디언 전설 중에 〈두 마리 늑대 이야기〉가 있습니다. 전설에 따르면 우리 마음속에는 두 마리의 늑대가 항상 싸우고 있습니다. 한 마리는 악한 늑대이고, 한 마리는 선한 늑대입니다. 악한 늑대는 내 안에서 분노, 불만, 죄책감, 좌절의 목소리를 내고 있고, 선한 늑대는 만족, 사랑, 친절, 감사의 목소리를 내고 있습니다.

이 둘 중 결국 누가 이길까요?
'내가 먹이를 주는 늑대'가 이깁니다.

내가 나에게 불만족하고, 나에게 분노하고, 나의 가치를 낮게 생각하는 목소리에 동조한다면 악한 늑대가 이길 것입니다. 내가 나에게 만족하고, 나를 사랑하고, 나에게 친절하게 대한다면 선한 늑대가 이길 것입니다. 어떤 늑대에게 먹이를 주느냐에 따라 스스로의 가치가 정해집니다.

당신은 어떤 늑대에게 먹이를 주고 싶으신가요?

* 나를 사랑하는 데 도움을 줄 수 있는 확언을 만들어보세요. 예시에서 골라보는 것도 좋습니다.

(예시) 나는 나 자신을 믿어.
        나는 온전한 존재야.
        지금 모습 이대로 충분해.
        나는 가능성이 무한한 존재야.
        나는 가치 있고 유능한 사람이야.
        나는 좋은 영향력을 끼치는 사람이야.

* 만든 확언을 소리 내어 5번 읽어보세요. 어떤 느낌이 드나요?

_____

_____

* 기분이 좋아졌다면 잘 선택했어요. 수시로 나에게 확언을 들려주
세요. 혹시 마음속으로 거부감이 들었다면 거부감이 들지 않을만한
다른 확언을 만들어보세요.

_____

_____

_____

_____

_____

_____

_____

_____

_____

_____

_____

_____

_____

* 영화 〈I feel pretty〉의 주인공 르네처럼 당신은 오늘 머리를 다 쳤습니다. 오늘부터 50일간 당신의 눈에 당신의 모습은 너무나 매력적이고 아름답게 보입니다. 50일 동안 매일 멋진 나에게 확언을 반복해서 들려주며 나에 대한 신념을 바꿔보세요.

Day1 : _____

Day2 : _____

Day3 : _____

Day4 : _____

Day5 : _____

Day6 : _____

Day7 : _____

Day8 : _____

Day9 : _____

Day10 : _____

Day11 : _____

Day12 : _____

Day13 : _____

Day14 : _____

Day15 : _____

Day16 : _____

Day17 : _____

Day18 : _____

Day19 : _____

Day20 : _____

Day21 : _____

Day22 : _____

Day23 : _____

Day24 : _____

Day25 : _____

Day26 : _____

Day27 : _____

Day28 : _____

Day29 : _____

Day30 : _____

Day31 : _____

Day32 : _____

Day33 : _____

Day34 : _____

Day35 : _____

Day36 : _____

Day37 : _____

Day38 : _____

Day39 : _____

Day40 : _____

Day41 : _____

Day42 : _____

Day43 : _____

Day44 : _____

Day45 : _____

Day46 : _____

Day47 : _____

Day48 : _____

Day49 : _____

Day50 : _____

열등감 때문에 괴로운 당신에게

저에게는 약 20년간 가난이 가장 큰 콤플렉스였습니다. 가난 콤플렉스를 갖고 있다는 것은 대학교 4학년 때 알게 되었습니다. 그전까지는 가난 콤플렉스가 내 삶에 막대한 영향을 끼치고 있다는 사실을 알지 못했습니다.

가난 콤플렉스를 알게 된 결정적인 계기는 상담이었습니다. 상담은 그날 털어놓고 싶은 이야기를 준비해 가는 방식이었습니다. 제가 했던 이야기는 이런 내용이었습니다.

첫째 주 : "집에 경제적 여유가 부족해서 동생 수학여행을 못 보내 준대요. 너무 속상해요."
둘째 주 : "사고 싶은 게 있는데, 사도되는지 고민이 너무 많이 돼요. 부모님은 적은 돈도 아까워하시는데 나는 이렇게 사치 부려도 되나 하는 생각이 들어요."
셋째 주 : "수업 시간에 교수님이 아버지는 무슨 일 하시냐고 물었는데, '그냥 회사원이에요.'라고 거짓말했어요."
넷째 주 : "친구 부모님이 용돈 10만 원을 주셨는데, 뭔가 마음이 속상하고 우울해서 집에 와서 펑펑 울었어요."

첫째 주부터 넷째 주까지 다른 사건을 이야기했지만, 이 모든 이야기는 돈과 관련된 문제라는 공통점이 있었습니다.

그 사실을 깨닫고 나서 그동안 삶에서 힘들었던 사건들을 쭉 정리해보았습니다. 그러자 인생 고민의 대부분이 가난과 관련이 있다는 사실을 깨달았습니다. 가난을 부끄러워하고 싫어하는 마음 때문에 늘 괴로웠던 것입니다.

특히 넷째 주에 이야기했던 사건은 가난에 대한 콤플렉스가 잘 드러나는 사건이었습니다. 친구의 부모님이 용돈을 주시면 감사하게 받으면 되는데 왜 속상하고 우울했을까요.

마음을 차분하게 들여다보니 제 안에는 친구의 부모님과 나의 부모님을 비교하는 마음이 있었습니다. 친구의 부모님은 자녀의 친구에게 10만 원을 아무렇지 않게 줄 수 있는 사람들이었지만, 내 부모님은 가난하기 때문에 그럴 수 없다는 점이 속상했던 겁니다.

가난을 부끄러워하는 마음이 인생의 순간순간마다 괴로움을 만들어낸다는 사실을 깨닫고 변하기로 마음먹었습니다.

오랜 노력 끝에 벗어날 수 없을 것 같았던 가난 콤플렉스에서 벗어나게 되었습니다. 부자가 돼서 가난을 벗어났다는 게 아닙니다. 가난이 더 이상 저를 괴롭히지 않게 되었다는 것입니다. 이제 가난은 더 이상 저의 약점이 아닙니다.

혹시 당신도 열등감 때문에 괴롭다면 제가 가난 콤플렉스를 극복할 수 있었던 방법들을 활용해보세요.

첫째, 약점을 인정하고 굳이 숨기려고 하지 마세요.

제가 약점을 인정하는데 도움이 되었던 말이 있습니다. '약점을 인정하고 드러낼 수 있는 사람이 진짜 강한 사람이다.'라는 말입니다. 그동안 약해보이지 않으려고 약점을 꽁꽁 숨겼는데, 그 행위가 오히려 저를 약한 사람으로 만들었다는 사실에 충격을 받았습니다. 그 후부터 가난을 굳이 숨기려고 하지 않았습니다.

그렇게 조금씩 가난을 드러내자 오히려 마음이 편해졌습니다. 약점을 숨기려고 하면 많은 에너지가 소모되기 마련입니다. 그러나 약점을 드러내는 순간 그것은 더 이상 약점이 아닙니다. 그저 자연스러운 나의 일부분일 뿐입니다.

약점을 드러내자 나와 비슷한 아픔을 가진 사람이 많다는 것도 알게 되었습니다. 예전에는 나만 가난하고 힘든 줄 알았는데, 그런 환경에서 자란 사람들이 너무나 많았던 것이죠. 그것이 많은 위안이 되었습니다.

둘째, 앞으로의 인생을 바꾸기로 선택하세요.

제가 마음을 공부하면서 깨달은 것이 있습니다. 바로 '나는 내 인생의 창조자'라는 사실입니다. 따라서 가난 때문에 그동안 고통스러웠다고 해도, 지금 이 순간부터 풍요로운 삶을 살기로 선택할 수 있습니다.

부모님의 가난이 나의 가난이 될 필요는 없습니다. 지금부터 나의 인생은 풍요로워질 수 있습니다. 이미 주어진 환경은 어쩔 수 없지만, 앞으로 내가 만들어 갈 인생은 내가 선택하고 창조할 수 있으니까요.

저는 바꿀 수 없는 것이 아니라 지금 할 수 있는 것에 초점 맞추기 시작했습니다. 스스로 만족할 수 있는 풍요의 기준을 세웠습니다. 돈에 대해 조금씩 공부하고 돈을 관리하기 시작했습니다. 지금 당장 풍요로움을 느낄 수 있는 방법도 찾아보았습니다.

한 달에 200만원을 벌지만, 고민 없이 필요한 것을 살 수 있고 사는 데 부족함을 느끼지 않는 사람과 한 달에 2000만원을 벌지만, 항상 돈을 아끼느라 쩔쩔매는 사람 중에 과연 누가 진정한 부자일까요?

물질적으로 부유한 사람보다 '풍요를 느끼고 누리는 사람'이 진정한 부자입니다. 이를 깨달은 후에는 나에게 행복감을 주는 것이라면 감당할 수 있는 범위 내에서는 아까워하지 않고 돈을 쓰기 시작했습니다. 조금씩 기부도 시작했습니다. 풍요를 느끼고 누리기 시작한 것입니다.

셋째, 나에 대한 고정관념을 버리세요.
어려운 환경에서 자라면 자신에 대한 부정적인 관념을 갖기 쉽습니다. '나는 이 정도 밖에 안 되는 사람이야.', '내가 어떻게 성공할 수 있겠어.' 이런 부정적인 목소리가 내면에 잠재되어 있을 가능성이 큽니다. 하지만 불우한 환경에서 자랐다고 내 가치가 낮은 것 아닙니다. 능력이 부족한 것도 아닙니다.

벼룩 실험 이야기를 아시나요? 벼룩은 자신의 몸보다 몇 배나 높이 뛸 수 있는 능력이 있는 동물입니다. 그런데 이 벼룩을 오랜 시간 상자에 가두어 두었다가 꺼내 놓았더니 딱 그 상자의 높이만큼만 뛰었다고 합니다. 벼룩의 몸에 이상이 없고 충분히 다시 높이 뛸 수 있는 상황인데도 말입니다.

상자 속에 갇혀 있던 벼룩은 상자 천장에 부딪히며 '내가 뛸 수 있는 높이는 이 정도 밖에 안 되구나.'라고 인식했던 것입니다. 그 결과 다시 높이 뛸 수 있는 능력이 있음에도 스스로에 대한 고정관념을 깨지 못하고 실제 능력을 발휘하지 못했던 것이죠.

영성 분야에서 유명한 네빌 고다드는 이런 말을 남겼습니다. 나의 유일한 과업은 나에 대한 관념을 위대함으로 채우는 것이다.

저는 스스로에 대해 갖고 있는 부정적인 고정관념 깨기 시작했습니다. 나에 대한 부정적인 관념을 갖고 있으면, 그 한계보다 더 크게 성장할 수 없으니까요. 틀을 깨는 만큼 나는 더 위대한 사람이 될 수 있습니다. '나는 가난하고 부족한 사람이야.'라는 관념을 버리고, '나는 가치 있고 유능한 사람이야.'라는 신념을 갖자 긍정적인 사람으로 변하기 시작했습니다. 원하는 것을 이룰 수 있다는 자신감도 생겼습니다.

마지막으로, 약점으로 인해 감사한 점을 찾아보세요. 약점에서 감사한 점을 찾기란 쉽지 않습니다. 그러나 상황을 바라보는 관점을 전환하는데 많은 도움이 됩니다.

저는 가난으로 인해 경제적으로 일찍 독립했습니다. 따라서 원하는 삶을 선택하는데 부모님의 반대나 간섭이 없었습니다. 부모님의 도움을 받지 않았기 때문에 주도적인 결정이 가능했던 것이죠.

마음에 대해 공부하게 된 것도 가난 콤플렉스 덕분입니다. 가난에 대한 열등감을 품고 살지 않았다면 마음에 관심을 갖지 않았을 겁니다. 내 마음에 관심을 갖고 공부하다 보니 이제는 사람들에게 마음을 다스리는 방법에 대해 말할 수 있게 되었습니다. '명상유치원', '자존감 회복 코칭', '내면아이 치유 상담'을 운영하며 사람들이 마음을 다스리고 자존감을 회복하는 데 도움을 줄 수도 있게 되었습니다.

물론 때로는 약점이 드러나는 상황에서 불편한 감정이 올라올 수도 있습니다. 하지만 이미 그 약점이 앞으로의 인생에서 문제가 되지 않는다는 사실을 알면, 그 감정을 덤덤히 흘려보낼 수 있게 됩니다.

당신의 콤플렉스와 열등감은 무엇인가요? 뒷장에 있는 노트를 활용하여 한 번 적어보세요. 그 속에서 내가 얻은 것은 무엇인지, 앞으로 어떤 인생을 선택할지도 적어보세요.

약점을 인정하고 드러내는 순간, 당신은 더 강한 사람이 될 것입니다. 그 약점을 성장의 촉진제로 사용할 수 있으니까요.

* 나의 약점이라고 생각하는 점을 적어보세요.

_____

_____

_____

_____

_____

_____

_____

_____

_____

_____

_____

* 그 약점 때문에 내가 얻은 것 혹은 감사한 점은 무엇일까요?

_____

_____

_____

_____

_____

_____

_____

* 앞으로는 어떤 인생을 선택하고 싶나요? 자신 있게 선언해보세요!

예시) 앞으로 풍요로운 인생을 선택하겠다! 부자 마인드로 살겠다!

_____

_____

_____

_____

_____

_____

_____

_____

* 그런 인생을 살기 위해 지금부터 어떤 행동을 할 수 있을까요?

예시) 부자통장 만들기, 재테크 공부하기, 부자들의 책 읽어보기

_____

_____

_____

_____

_____

_____

_____

_____

우는 법을 잊은 당신에게

슬픔이 찾아와 마음이 아플 때 어떻게 반응하나요? 마음껏 아파하고 슬퍼하며 눈물을 흘리나요, 아니면 슬픔을 꾹꾹 눌러 참나요? 혹시 눈물을 삼키는 것이 익숙해져 우는 법을 잊어버리진 않았나요?

감정을 무조건 참는 것은 감정을 무시하는 행위입니다. 나에게 찾아온 감정을 허용하고 적절하게 표현하는 것이야말로 나를 존중하고 사랑하는 방법입니다. 본인의 감정과 욕구를 솔직하게 표현하는 것만으로도 자존감을 지킬 수 있습니다.

감정을 억압하면 그 순간에는 사라지는 것 같지만, 조금씩 쌓인 감정들이 어느 순간 폭발하며 거대한 모습을 드러냅니다. 우울감이나 무력감, 공허함, 분노, 짜증으로 나타날 수도 있고, 스트레스로 인한 몸의 통증이나 병으로 나타날 수도 있습니다.

책 〈진실이 치유한다〉의 저자 데보라 킹은 어린 시절 아버지에게 지속적인 성폭행을 당했습니다. 그 사실을 아무에게도 말하지 못하고 꽁꽁 숨기며 살았습니다. 어머니에게 그 얘기를 털어놓았지만,

어머니는 오히려 저자를 탓하며 쉬쉬합니다. 이런 환경에서 그녀는 아무에게도 털어놓지 못한 아픔을 간직한 채로 살아갑니다. 그러던 그녀에게 암이 찾아옵니다.

그녀는 마음치유 과정에서 본인이 한 번도 제대로 털어놓지 못했던 어린 시절의 그 아픔이 암을 만들어냈음을 깨닫게 됩니다. 그 진실을 마주하고 털어놓으면서 내면의 아픔을 치유하고 암까지 완치됩니다.

그녀는 우리가 겪은 두려움, 슬픔, 분노 등 모든 경험이 우리의 몸과 마음에 저장되어 있다고 이야기합니다. 이를 외면하고 억압할 때 그것이 쌓여 몸의 통증과 병을 유발한다는 것이죠. 이후 그녀는 진실을 밝혀 몸과 마음을 치유하는 일을 하게 됩니다.

우리의 몸과 마음은 아주 긴밀하게 연결되어있습니다. 억울하거나 슬플 때는 가슴이 꽉 막힌 느낌이 듭니다. 불안하고 초조할 때는 몸이 떨리거나 딱딱하게 굳은 느낌이 듭니다. 몸은 마음의 상태를 반영합니다.

따라서 스스로를 치유하기 위해서는 진실을 털어놓아야 합니다. 나의 아픔과 슬픔을 외면하지 말고 있는 그대로 느끼고 드러내는 거죠. 나의 감정을 인정하고 표현하는 겁니다.

그렇다고 꼭 타인에게 나의 아픔을 털어놓으라는 의미는 아닙니다. 자기 자신이 먼저 그 아픔을 인정하라는 것입니다. 먼저 내 안에서 아픔을 충분히 만나야 비로소 누군가에게 털어놓을 수 있습니다.

저는 내면의 아픔과 만나는 방법으로 명상과 글쓰기를 활용합니다.

먼저 조용히 명상할 수 있는 공간을 마련합니다. 눈을 감고 나를 괴롭히는 일, 답답하고 억울한 심정을 마음속으로 내가 나에게 털어놓습니다. 무엇이 그렇게 힘들었는지, 어떤 감정이 들었는지 구체적으로 이야기해보는 겁니다.

너무나 밉고 싫은 사람 때문에 힘들다면 그 사람이 앞에 있다고 상상하고 속으로 하고 싶은 이야기를 마음껏 해보세요.

이렇게 하면 그동안 눌러 놓았던 감정들이 올라오면서 눈물이 나거나 가슴이 뜨거워지는 것을 느낄 수 있습니다. 그러면 있는 그대로 그 모든 것을 경험하며 지켜봅니다.

하나의 사건에 대해 이 과정을 여러 번 반복해봅니다. 같은 사건이라도 명상을 할 때마다 감정이 달라질 겁니다. 처음에는 분노가 일어났다가 두 번째 명상할 때는 슬픔과 억울함 일어나고, 세 번째 명상에서는 나에게 연민이 일어날 수 있습니다. 이 과정을 반복하다 보면 올라왔던 감정이 하나씩 하나씩 해소되어 마음이 풀리는 것을 느낄 수 있습니다.

저는 이 명상을 통해 부모님에 대한 감정을 해소하는데 큰 효과를 보았습니다. 부모님에게 일어나는 마음은 참 다양합니다. 고마운 마음, 든든한 마음, 걱정되는 마음이 일어나기도 하지만 원망하는 마음, 미워하는 마음, 분노하는 마음이 일어나기도 합니다.

명상을 하면서 부모님에 대한 모든 마음을 들여다보았습니다. 그동안 부모님에게 가졌던 다양한 마음과 만날 때마다 눈물이 멈추지 않았습니다.

하지만 반복해서 그 마음들을 만나고 나니 조금씩 그 마음들이 해소되는 것을 느꼈습니다. 더 이상 아무 마음도 일어나지 않게 되자 부모님을 축복할 수 있었습니다. 부모님에 대한 원망의 마음이 해소되자 신기하게도 그 전에는 알지 못했던 부모님의 사랑을 느낄 수 있었습니다. 원망과 미움이 눈을 가리고 있을 때는 부모님의 작은 행동에 숨어있는 사랑의 마음을 보지 못했던 것입니다.

명상이 어렵다면 글쓰기를 활용해서 나의 감정을 털어놓는 방법도 효과적입니다. 누구도 보지 않는 글을 통해 나의 감정과 생각을 마음껏 표현해봅니다. 힘들고 슬픈 일, 화나고 짜증나는 일도 모두 털어놓습니다. 누구에게도 보이고 싶지 않은 나의 약점도 다 꺼내놓습니다. 이렇게 꺼내놓아야만 나의 감정들과 만날 수 있고, 비로소 치유가 시작될 수 있습니다.

글쓰기를 습관으로 만들면 감정을 쌓아두지 않고 그때그때 해소할 수 있습니다. 또한 감정과 생각을 글로 적기 시작하면, 머릿속에서는 뒤죽박죽 했던 생각들이 조금씩 정리되기 시작합니다. 생각의 속도는 너무나 빠른데, 이것을 글로 쓰려면 생각의 속도를 늦추어서 하나씩 하나씩 풀어내야 되기 때문입니다. 따라서 감정과 생각이 정리되면서 해답이 명확해지기도 합니다.

저도 고민이 많아질 때나 마음이 답답할 때 일기를 쓰고 한 번 쭉 읽어보면 '이래서 마음이 힘들었구나.'라거나, 혹은 '내가 너무 지나치게 걱정하고 있구나.'라고 알아차리게 되면서 자연스럽게 감정이 해소되는 경험을 자주 합니다.

아픔을 솔직하게 드러내는 것이 치유 효과가 있다는 사실을 알고 일찍부터 치유 의식을 해 온 원주민 부족도 있습니다. 아픈 사람이 생기면 그 사람을 가운데 앉게 하고 그 주위를 마을 사람들이 둥글게 둘러앉습니다. 아픈 사람은 말이나 행동을 통해 자신에게 상처를 주었거나 혹은 자신이 상처를 준 사람에게 그동안 말하지 않았던 것을 말합니다. 그동안 가슴을 누르며 그 누구와도 나눠보지 못했던 이야기들을 털어놓으면, 마을 사람들은 그의 말을 듣고 인정해줍니다. 아픈 사람이 좋아질 때까지 마을 사람들은 함께 원 안에 앉아있어 준다고 합니다.

당신은 오늘 얼마나 스스로에게 솔직했나요? 오늘 자기 전 나의 마음을 들여다보고 스스로에게 표현하고, 다독여 줄 수 있는 치유의 시간을 가졌으면 좋겠습니다.

* 살면서 누구에도 얘기해보지 않은 아픔이 있나요? 혹은 최근에
속상했던 일이 있나요? 마음을 들여다보고 이곳에 털어놓으세요.

_____

_____

_____

_____

_____

_____

_____

_____

_____

_____

_____

_____

_____

_____

_____

_____

_____

_____

_____

_____

* 그 일과 관련된 **상대방에게** 혹은 그 일을 겪은 **나에게** 하고 싶은 말이 있나요? 여기에 적고 마음속으로 마음껏 애기해 보세요.

상대방에게: _____

_____

_____

_____

_____

_____

_____

_____

_____

나에게: _____

_____

_____

_____

_____

_____

_____

_____

* 앞으로는 자주 마음을 들여다보고 돌보아주세요.

성격을 바꾸고 싶은 당신에게

많은 사람들이 자신의 성격에 불만족하고 성격을 바꾸고 싶어 합니다. 그런데 성격을 바꾸려고 시도하기 전에 꼭 알아야할 사실이 있습니다.

바로 '성격에는 장단점이 없다'는 것입니다.

보통 우리는 성격에 장점과 단점이 있다고 생각합니다. 자기소개서의 단골 질문도 '본인 성격의 장단점을 써라'잖아요. 그런데 이 '장점'과 '단점'이라는 것이 고정된 사실일까요?

'매사에 자신감이 넘친다.' 이 성격은 장점일까요, 단점일까요?
당연히 장점이라고 생각하나요.

이 성격은 단점으로 볼 수도 있습니다. 왜냐면 자신감이 너무 넘치면 건방져 보이거나 자기주장이 강한 것으로 볼 수도 있으니까요.

그럼 '무모하고 끈질기다.'라는 성격은 장점일까요, 단점일까요?
당연히 단점이라고 생각하나요. 하지만 무모하고 끈질기다는 것은

'도전정신이 강하고, 끈기가 있다'라는 장점으로 볼 수도 있습니다.

'말할 때 신중하고 생각이 많다.' 이것은 장점일까요, 단점일까요? 장점이라고 생각하는 사람도 있고 단점이라고 생각하는 사람도 있 겠죠.

본인이 그런 성격이고, 그것에 불만족 한다면 '우유부단하니까 단 점이지'라고 생각할 겁니다. 평소에 말을 너무 많이 하거나 경솔한 말을 해서 고민이라면 '신중하고 진지하니까 장점이지'라고 생각하 겠죠.

결국 성격이란 어떻게 표현하느냐에 따라 장점이 될 수도 있고 단 점이 될 수도 있습니다. 즉, 성격의 장단점이란 관점과 표현의 차 이일 뿐입니다.

그러므로 내 성격에 뭔가 문제가 있다고 생각할 필요가 없습니다. 본인의 성격을 어떻게 바라보느냐에 따라 그 성격이 문제가 될 수 도 있고, 문제가 되지 않을 수도 있습니다. 그러니 나의 성격을 너 무 탓하지 말고 있는 그대로 인정해주세요.

성격을 바꾸고 싶다면 먼저 나의 성격을 다른 관점으로 바라보는 연습을 해보세요. 뒷장에 만들어 놓은 〈성격의 단점을 장점으로 바 꾸는 마법 노트〉를 활용하여 한쪽에는 바꾸고 싶은 성격의 리스트 를 쭉 적어보고, 그 옆에는 그 성격을 긍정적인 말로 바꿔 표현해 보세요.

첫째 칸에 '나는 똘아이라는 소리를 자주 듣는다.'라고 썼다면, 옆 칸에는 관점을 바꿔서 '나는 개성이 강한 사람이다.'라고 표현해보세요. '고집이 세다'라고 썼다면, '소신이 있다'라고 표현해보세요. '뻔뻔하다'라고 썼다면, '넉살이 좋다'라고 표현해봅니다. '깐깐하다'라고 썼다면, '야무지고 꼼꼼하다'라고 표현해봅니다. '덤벙 거린다'라고 썼다면, '사소한 것에 매달리지 않는다.'라고 표현해보세요.

이런 식으로 긍정적으로 표현하는 작업을 해보면 의외로 본인의 성격에서 괜찮은 부분이 많다는 사실을 알게 될 겁니다.

성격을 바꾸려고 노력하지 말라는 얘기는 아닙니다. 다만 먼저 내 성격을 다르게 보는 연습이 필요하다는 것입니다.

성격을 객관적으로 바라보는 연습을 했다면, 이제는 가끔 틀을 깨고 행동하는 연습을 해봅니다. 성격이란 것도 사실 틀에 불과합니다. '소극적인 사람'이 항상 소극적이던가요? 어떨 때는 소극적이고 어떨 때는 적극적인데, 소극적인 행동하는 비율이 높아서 소극적인 성격이라고 부르는 것뿐입니다. 따라서 성격의 틀에 나를 가두지 않는다면, 필요할 때는 그 틀을 깨고 다른 행동을 시도해 볼 수 있습니다.

저도 예전엔 내성적인 제 성격을 싫어했습니다. 그런데 내향적인 성격의 장점을 발견하고 인정하게 되면서 성격에 매우 만족하게 되었습니다. 게다가 필요한 순간에는 틀을 깨고 적극적으로 행동할 수 있게 되었습니다. 원래의 성격을 존중해주니 오히려 상황에 맞게 적극적인 행동도 할 수 있게 된 것입니다.

뒷장에 마련해놓은 〈성격의 단점을 장점으로 바꾸는 마법 노트〉 세 번째 칸에 성격의 틀을 깨고 할 수 있는 행동을 적어보세요.

'나는 이런 성격이야'라는 고정관념에서 벗어나 상황에 맞게 유연한 행동을 하는데 도움이 될 겁니다.

성격에는 장단점이 없다는 것을 기억하면서 나의 성격에 좀 더 너그러워지면 좋겠습니다. 이런 자기 긍정이 밑바탕이 된다면 성격에서 바꾸고 싶은 부분이 있다고 해도 충분히 더 잘 해낼 수 있을 테니까요.

〈성격의 단점을 장점으로 바꾸는 마법 노트〉

바꾸고 싶은 성격을 적어보세요.	긍정적으로 바꿔서 표현해보세요.	가끔 성격의 틀을 깨보세요.
(예시) 고집이 세다.	(예시) 소신이 있다.	(예시) 필요할 때는 다른 사람의 의견을 따른다.
내향적이다.	혼자서도 잘 지낸다.	필요할 때는 사람들과 어울린다.

나를 사랑해 줄 누군가를 찾는 당신에게

끊임없이 나를 사랑해줄 누군가를 찾고 있나요? 혹시 연애를 해도 외로움을 느끼나요? 나와 꼭 맞는 반쪽을 찾고 있진 않나요?

그렇다면 작가 쉘 실버스타인의 동화 〈떨어진 한쪽, 큰 동그라미를 만나〉 이야기를 들어보세요.

부채꼴 모양의 조각이 하나 있었습니다. 이 조각은 모가 나서 홀로 굴러갈 수가 없습니다.

그래서 그 자리에 한없이 서서 조각난 동그라미를 기다립니다. 자신과 꼭 맞는 조각이 빠진 불완전한 동그라미를 만나야만 같이 굴러갈 수 있기 때문이죠.

긴 외로움과 기다림 끝에 드디어 자신에게 꼭 맞는 조각난 동그라미를 만납니다. 둘은 완전한 원이 되어 행복하게 길을 떠납니다.

그런데 이 조각이 자신도 모르는 사이에 조금씩 커지기 시작했습니다.

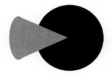

더 이상 동그라미와 맞지 않게 되자 그 부채꼴 조각은 다시 홀로 남겨집니다.

그러던 어느 날 커다란 동그라미를 만납니다. 이 조각은 애원합니다. "네가 바로 내가 기다리던 동그라미 같아. 나를 데려가 줘."

그러자 그 동그라미는 말합니다.
"하지만 나는 잃어버린 조각이 없는 걸. 넌 나와 함께 굴러갈 수 없어. 하지만 어쩌면 혼자 구를 수는 있겠지."

부채꼴 조각은 말하죠.
"나 혼자? 나 같이 모난 조각은 혼자서 구를 수 없어."

그러자 동그라미가 말합니다.
"시도라도 해 봤니?"

다시 혼자 남겨진 조각은 어느 날 용기를 내어 스스로 구르기를 시도합니다. 모가 나있기 때문에 계속해서 넘어지기를 반복합니다. 하지만 혼자 힘으로 굴러보려고 애를 씁니다. 그렇게 수많은 시도를 하는 동안 모난 부분들이 조금씩 닳기 시작합니다.

마침내 이 조각은 작은 원이 됩니다.

작은 동그라미가 된 그 조각은 이제 스스로 굴러가기 시작합니다. 그러다 전에 만났던 커다란 동그라미를 다시 만나 함께 굴러갑니다.

혹시 당신도 허전함을 채우기 위해 나에게 꼭 맞는 누군가를 찾고 있지는 않나요?

나에게 정말 꼭 맞는 상대를 찾았다고 하더라도 그 사람과 영원히 꼭 맞을 수는 없습니다. 상황과 조건이 달라지면 그 사람과 어긋나기 시작합니다. 이야기에서 조각이 꼭 맞는 동그라미를 만났지만, 나중에는 크기가 커져서 안 맞았던 것처럼 말이죠.

그렇기 때문에 혼자 있든 둘이 있든 여러 명이 있든 내 안의 결핍 감이 있다면 외로움은 존재할 수밖에 없습니다. 그리고 다른 누군 가가 그 허전함을 완벽하게 채워 줄 수는 없습니다.

하지만 나 스스로 온전한 동그라미가 될 수 있습니다. 온전한 동그라미가 되기 위해서는 나의 모습을 있는 그대로 받아들이고 사랑하는 게 중요합니다. 평생 동안 절대로 나를 떠나지 않을 유일한 사람은 바로 나 자신뿐이니까요.

저도 누군가가 나를 사랑해주어야만 외로움이 사라진다고 생각한 적이 있었습니다. 끊임없이 연애 상대를 찾아 다녔고 연애를 하며 사랑을 받기도 했지만 잠시 사라진 것 같던 그 외로움은 다시 찾아오곤 했습니다.

그런데 '나는 존재 자체로 온전하다'는 것을 깨닫자 결핍감이 자연스럽게 사라졌습니다. 허전함과 외로움은 나에게 뭔가 부족하다는 생각에서 시작되니까요. 나 스스로 온전하고 행복해지면 누구를 만나지 않더라도 혹은 만나더라도 괜찮아집니다.

내 안의 공허감은 다른 누군가가 채워 줄 수 없다는 걸 기억하고, 스스로를 존재 자체로 사랑하고 믿어주며 온전한 동그라미가 될 수 있었으면 좋겠습니다.

* 나에게 꼭 맞는 반쪽을 찾으려고 했던 경험이 있다면 적어보세요. 혼자는 뭔가 부족하다고 생각한 이유가 무엇인가요?

_____

_____

_____

_____

_____

_____

_____

_____

_____

_____

_____

_____

_____

_____

_____

_____

_____

_____

* 나는 혼자서도 이미 온전합니다. 눈을 감고 혼자만으로도 온전함과 행복감을 느꼈던 순간을 떠올려 적어보세요.

_____

_____

_____

_____

_____

_____

_____

_____

_____

_____

_____

_____

_____

_____

_____

_____

_____

* 당신은 존재 자체로 온전하고 사랑받을만한 존재입니다. 혼자이든 함께이든 스스로를 있는 그대로 사랑해주세요.

자기비난에서 벗어나고 싶은 당신에게

한 분이 저에게 메일로 고민 상담을 요청해왔습니다. 과거의 우울했던 사연들을 길게 적어 보냈습니다. 자기비난이 습관이 되어서 스스로를 사랑하는 게 너무 어렵다고 했습니다. 사소한 자극에도 분노가 치밀어 오른다고 걱정했습니다. 이제는 제발 지독한 자기비난에서 벗어나고 싶다고 하더군요.

저는 그 분에게 세 가지 방법을 실천해보라고 말씀드렸습니다. 혹시 당신도 자기 비난 때문에 괴로워하고 있다면 이 방법들을 시도해보세요.

먼저, 본인의 인생 이야기를 다시 써보세요.
이 방법은 심리상담 분야 중 '이야기 치료'에서 활용하는 방법입니다. 저에게 보낸 메일 속에 담긴 사연은 그 분의 인생 이야기 중 극히 일부분일 뿐입니다. 수 십 년이 넘은 인생 이야기 중 아주 단편적인 사건들을 엮어서 이야기로 쓰신 뒤 보내신 거니까요. 물론 중요한 사건들을 위주로 썼겠지만, '중요하다'라고 생각한 사람은 그 이야기를 쓴 본인 자신이겠죠?

지금부터는 본인의 인생에서 문제라고 생각되는 부분이 아니라, '그래도 이 부분만큼은 잘 산 것 같다'라고 생각되는 부분을 중심으로 이야기를 다시 써보세요.

자기비난으로 괴로웠던 순간이 아니라 성취감을 느꼈던 순간, 주눅들지 않고 나를 드러냈던 순간, 그래도 이 정도면 내가 괜찮은 사람이라는 걸 느꼈던 순간, 사람들과 잘 어울려서 기분 좋았던 순간들을 찾아서 적어보는 겁니다.

잠시 눈을 감고 본인의 인생의 순간들을 회상해보고, 그런 사건들을 뒷장에 마련해 놓은 노트에 쭉 적어보세요. 처음엔 잘 생각이 나지 않을 수도 있지만, 시간을 들여서 이 작업을 하다 보면 의외로 그런 순간들이 하나 둘 떠오를 겁니다.

우리의 인생에는 고통스러운 순간도 많지만, 빛났던 순간들도 많습니다. 내가 고통스러운 순간들만을 뽑아서 인생 이야기를 만들면, 내 인생은 암울하고 고통스러운 이야기가 되겠죠. 그리고 몸과 마음이 힘들 때는 '괜찮았던 순간'들이 잘 보이지 않습니다.

그러니 빛났던 순간을 의도적으로 찾아보고, 그 순간들도 엮어서 인생 이야기를 다시 만들어보는 것이 필요합니다. 그러면 내 인생 이야기는 때로는 고통스러웠지만, 그 속에서도 참 빛이 났던 이야기가 됩니다.

그 빛났던 순간을 잘 들여다보면 내가 정말 좋아하는 게 무엇인지, 내가 중요하게 생각하는 가치는 무엇인지도 발견할 수 있을 것입니다.

두 번째, 자기를 비난하는 목소리가 들릴 때마다 그 순간을 알아차리고, 긍정적인 목소리를 내주세요.

우리의 내면에는 수많은 목소리가 있습니다. '난 못났어.', '난 역시 이것밖에 안 돼.', '난 도대체 왜 이럴까?'라고 말하는 부정적인 목소리도 있고, '참 감사하다', '이 정도면 훌륭해.', '난 참 괜찮은 사람이야.'라고 말하는 긍정적인 목소리도 있습니다. 이런 목소리는 모두 특정 상황에서 잠깐 찾아왔다가 곧 사라집니다.

사연을 보내신 분의 내면에도 분명 두 가지 목소리가 찾아왔다가 사라질 것입니다. 하지만 그동안 살아오면서 자꾸 자기를 비난하는 목소리에만 동조하다 보니 그 목소리가 더 큰 힘을 얻고 자주 찾아오는 것입니다.

이제는 자기비난의 목소리가 찾아올 때마다 그 순간을 알아차리고 흘려보내세요. '부정적인 목소리야. 난 이제 더 이상 너에게 끌려 다니지 않을래.' 이렇게 선언해보세요.

이제는 의도적으로 긍정적인 목소리를 내주세요. '난 못났어.'라는 목소리가 들린다면, '이 정도면 괜찮아.', '조금씩 나아지고 있어.'라고 긍정적인 목소리를 내보세요. 이 작업을 지속적으로 반복해보세요. 수 십 년 넘게 입력해온 부정적인 사고의 패턴을 끊고, 긍정적인 사고의 패턴을 새로 입력하는 겁니다.

긴 세월 동안 만들어진 패턴이라 변화하는 데 시간이 조금 걸릴 수 있습니다. 하지만 '난 조금씩 나아지고 있어.'라는 믿음으로 계속해서 훈련하면 부정적인 목소리가 점차 힘을 잃는 것을 발견할 수 있을 겁니다.

마지막으로, 본인의 감정과 욕구를 솔직하게 표현하기 시작하세요. 사연을 보내신 분이 사소한 자극에 쉽게 화가 나는 것은 그만큼 감정과 욕구를 억압하고 내면에 분노를 쌓아두었기 때문입니다. 내 안에 이미 99%의 분노가 쌓여 있기 때문에 1%의 작은 자극에도 폭발하는 것입니다. 본인의 감정과 욕구를 인정하고 적절하게 표현하는 것은 스스로를 존중하는 데도 도움이 됩니다.

감정이나 욕구를 처음부터 누군가에게 표현하는 게 너무 힘들다면, 먼저 일기에 표현해보세요. 일기는 아무도 보지 않는 거잖아요? 본인의 솔직한 감정을 마구 털어놓으세요. 글 쓰는 게 싫다면 녹음으로 일기를 써도 좋습니다. 혼잣말로 본인의 감정을 표현해보는 거죠.

솔직하게 표현하는 연습을 하며 스스로의 감정과 욕구를 인정해주세요. 점차 표현이 익숙해지면 꾹꾹 눌러놓았던 나의 감정과 욕구들을 만날 수 있습니다.

누군가의 제안에도 본인이 원하는 것을 자신 있게 표현해보세요. 처음에는 아주 사소한 것부터 시작하세요. 누군가가 "오늘 점심 뭐 먹을래?"라고 물어본다면 "아무거나"라고 말하지 마세요. 본인의 의견을 말해보세요.

진짜 아무거나 먹고 싶다고요? 그럼 아무거나 얘기하세요.

"짜장면 먹자."라고 제안해보세요. 진짜 싫은 게 있으면 "저는 그건 별로 안 좋아해요."라고 표현하세요. 이렇게 사소한 것부터 표현하기 시작해 보는 겁니다.

이때 주의할 점이 있습니다. 내가 의견을 제안했을 때 그 의견이 받아들여지지 않는 순간도 있잖아요. 그렇다고 자기표현을 포기하면 안 됩니다. "이 날씨에 무슨 짜장면이야? 냉면 먹자." 라는 반응을 들었다고 해서 주눅 들면 앞으로 더 표현하는 게 어려워지겠죠? 주눅 드는 느낌이 일어나더라도 그냥 흘려보내고 다음에도 또 제안해보세요.

부디 스스로의 마음을 돌보고 표현하는 연습을 통해 자기 비난이 아닌 자기 사랑으로 마음을 가득 채워보시길 응원합니다.

▶나의 인생은 암울하다고 느껴지나요? 지금부터 나의 인생 이야기를 다시 써볼 거예요.

* 잠시 눈을 감고 내 인생에서 행복하게 빛났던 순간들을 떠올려 보세요. 성취감과 만족감을 느꼈던 순간, 즐거움을 느꼈던 순간들을 적어보세요.

_____

_____

_____

_____

_____

_____

_____

_____

_____

_____

_____

_____

_____

_____

_____

_____

_____

* 그 순간 속에서 내가 좋아하는 것과 내가 중요하게 생각하는 것을 찾아보세요.

_____

_____

_____

_____

_____

_____

_____

_____

* 빛났던 그 순간처럼 자주 행복을 느끼려면 앞으로 어떻게 해야 할까요?

_____

_____

_____

_____

_____

_____

_____

▶마음속에서 자꾸 나를 비난하는 목소리가 들리나요? 그 목소리에 동조하거나 억지로 피하려고 하지 말고 묵묵히 지켜보세요. 그 목소리가 사라지면, 이제 나를 다독여주고 지지해주는 새로운 목소리를 내주세요.

자기비난의 목소리	자기긍정(자비)의 목소리
예시) 난 왜 이것 밖에 못하지?	이 정도면 괜찮아. 높은 기준에 맞추려고 나를 너무 다그치지 마.

▶나의 감정과 욕구를 적절하게 표현하지 못했나요? 지금부터 나를 표현하는 연습을 해볼 거예요.

* 나의 의견을 적절하게 표현하지 못했던 순간을 떠올려 적어보세요.

_____

_____

_____

_____

_____

_____

_____

_____

_____

_____

_____

_____

_____

_____

_____

_____

_____

_____

* 그 때 나의 솔직한 느낌은 어땠나요?

_____

_____

_____

_____

_____

_____

_____

* 그 때 내가 원하는 것은 무엇이었나요?

_____

_____

_____

_____

_____

_____

_____

_____

_____

* 그 순간으로 돌아간다면, 상대방에게 나의 솔직한 느낌과 원하는 것을 어떻게 이야기하면 좋을까요?

_____

_____

_____

_____

_____

_____

_____

_____

* 잠시 눈을 감고 그때 그 순간을 상상해본 뒤, 위에서 적은대로 상대방에게 나의 솔직한 느낌과 욕구를 이야기해보세요. 어떤 느낌이 드나요?

_____

_____

_____

_____

_____

* 앞으로도 나의 솔직한 느낌과 욕구를 표현하는 연습을 해보세요. 나를 솔직하게 표현하는 만큼 나를 인정하고 사랑해줄 수 있습니다.

좋아하는 분야가 1도 없는 당신에게

흔히 '가슴이 뛰는 일을 하라', '좋아하는 일을 해야 성공한다.'라는 말을 합니다. 그러나 정작 내가 좋아하는 일을 몰라서 고민하는 사람이 참 많습니다.

일찍이 좋아하는 분야를 찾아서 성공한 사람을 보면 정말 부럽습니다. 나는 왜 가슴이 뛰는 일을 못 찾았을까 자괴감이 들기도 합니다. 어떻게 해야 좋아하는 일을 찾을 수 있을까요?

먼저, 가슴 뛰는 일이 있다는 환상은 버려주세요.
가슴이 뛰는 일이 없는 경우가 훨씬 더 많으니까요.

좋아하는 일이 없다고 말하는 대부분의 사람들은 감정을 크게 느끼지 않는 사람인 경우가 많습니다. 어떤 일에 좋고 싫음이 뚜렷하지 않은 거죠. 그러니 가슴이 뛸 정도로 좋아하는 일이 없다고 걱정할 필요 없어요. 다른 사람보다 조금 약하게 느끼는 것뿐이니까요. 마음에 좀 더 귀를 기울이고 나에게 소소한 즐거움을 주는 일들을 찾으면 됩니다. 나에게 소소한 만족감을 주는 그 일이 누군가를 감동시킬 때 내 가슴을 따뜻하게 만들어줄 것입니다.

좋아하는 일을 생각해보니 나의 나이나 경제적 상태, 나의 단점 등 걸림돌만 떠오른다고요?

그렇다면 내가 다시 태어난다면 어떤 일을 하고 싶은지 한 번 적어보세요. 이렇게 하면 나의 한계와 장애물을 생각하지 않고 진짜 내가 좋아하는 일을 떠올릴 수 있습니다. 뒷장에 마련해놓은 노트를 활용하여 내가 다시 태어나면 하고 싶은 일을 적어보세요.

도서관에 가서 여러 분야의 책을 1권씩만 읽어봐도 좋습니다. 좋아하는 분야를 잘 모르는 이유는 아직 다양한 분야를 경험하지 못했기 때문입니다. 가장 좋은 방법은 직접 경험이지만, 우리의 자원과 시간은 한정적입니다. 책을 활용하면 단시간에 여러 분야를 경험해볼 수 있습니다.

도서관에 가보면 책들이 분야별로 나누어져 있습니다. 여러 분야에서 가장 쉽고 재미있어 보이는 책을 한 권씩만 읽어보세요. 그 책이 재미가 있다면 같은 분야의 또 다른 책을 읽어보는 겁니다. 이렇게 끌리는 책을 읽다 보면 내가 관심 있는 분야를 찾는 데 도움이 됩니다.

이 방법은 저에게도 많은 도움이 되었습니다. 저는 고등학생 때까지는 교과서 외에는 거의 책을 읽지 않았습니다. 20대 중반이 되어서야 책을 읽기 시작했는데, 재미있게 읽히는 책은 대부분 자기계발이나 심리학, 명상 등 마음 치유를 다루는 분야의 책이었습니다. 고등학교 때까지는 그런 분야를 전혀 접해본 적이 없었기 때문에 제가 이런 분야에 흥미가 있다는 것을 꿈에도 몰랐습니다. 계속

해서 관심 분야의 책들을 여러 권 읽고 그 분야에 대해 계속해서 배우다보니 나에게 가장 잘 맞는 분야라는 확신도 생겼습니다.

관심이 가는 분야가 생기면 관련된 아르바이트나 일 혹은 교육을 통해 직접 경험해보는 것이 좋습니다. 막상 경험을 해보니 나와 맞지 않다고 느낀다면 다른 분야로 눈을 돌리면 됩니다.

시간을 낭비한 것 같아 후회된다고요? 전혀 그렇지 않습니다. 그냥 생각만 하는 것과 경험을 통해 알아보는 것은 하늘과 땅 차이이니까요. 나에게 맞지 않는 것을 알았다는 사실만으로도 삶에서 커다란 성과를 얻게 된 것입니다. 인생은 생각보다 깁니다. 이 길도 가보고 저 길도 가봐야 진짜 나에게 맞는 길을 탐색할 수 있습니다.

마지막으로 다른 사람과 절대 비교하지 마세요. 내가 소소하게 좋아하는 일을 찾고 나서도 그 일에 대해 나보다 더 열정적인 사람을 보게 되면 고민에 빠집니다. 저 사람은 엄청나게 그 일을 좋아하는데, 나는 그 일을 별로 안 좋아하는 것 같아서 이게 나에게 맞는 일인가 고민하게 되는 거죠. 저 사람만큼 좋아할 수 있는 다른 일을 찾아야 하나 조바심이 들기도 합니다.

하지만 그럴 필요 없습니다. 비교는 내 안에서만 하면 됩니다. 많은 일들 중에서 내가 어떤 일을 더 좋아하는지만 비교하면 되는 것이죠. 다른 사람과 비교하다가는 자존감만 낮아지고, 내가 좋아하는 일을 영영 찾지 못하게 될 수 있습니다.

좋아하는 일을 찾은 것 같긴 한데 혹시 실패할까봐 두려운가요?

실패에 대한 두려움은 누구나 느끼는 감정입니다. 유명한 연예인이

나 운동선수처럼 우리가 보기에 성공한 사람들도 속으로는 '잘 할 수 있을까'라는 불안과 두려움을 조금씩 갖고 있습니다. 그러니 너무 두려움이 들더라도 모두다 마찬가지라는 사실을 기억하고 꿋꿋하게 나아갔으면 좋겠습니다. 포기하지만 않으면 아직 '성공하는 과정 중'이니까요.

시험과 달리 인생에는 정해진 정답이 없잖아요? 나에게 맞는 나만의 길을 걸어가면 됩니다. 그런 길이 하나도 없다면 직접 길을 만들어서 가면 됩니다. 그 길이 나만의 정답이니까요.

* 다시 태어난다면 어떤 일을 해보고 싶은지 생각나는 대로 적어
보세요.

_____

_____

_____

_____

_____

_____

_____

_____

* 그 중에서 나에게 소소한 즐거움을 주고, 의미 있는 일이라고 생
각되는 일을 골라보세요.

_____

_____

_____

_____

_____

_____

* 책의 대표적인 분야입니다. 관심이 있는 분야면 O, 관심이 없는 분야면 X 표시를 해보세요.

소설/시	에세이	인문	역사
예술	종교	사회/정치	과학
경제/경영	자기계발	언어/외국어	건강
요리	심리	인물	여행

* 위에서 O 표시한 분야와 관련된 책 중 가장 쉬워 보이는 책을 찾아 리스트를 적어보세요. 지금 당장 도서관에서 대출하세요!

_____

_____

_____

_____

_____

_____

_____

_____

_____

_____

_____

제2장

지금 이 순간에 머무르려면

과거의 그 일이 자꾸만 생각나는 당신에게

예전에 만났던 그 사람이 머릿속에서 떠나질 않나요? 내가 하지 못했던 그 일이 자꾸만 후회가 되나요? 왜 과거의 특정한 사람 혹은 일이 계속 기억에 남고 후회가 되는 걸까요.

심리학 이론 중 '자이가르닉 효과'라는 게 있습니다. 완성하지 못한 과제가 더 기억에 잘 남는다는 것입니다. 우리의 뇌는 완성한 과제는 쉽게 잊어버리지만, 미완성 과제 즉, 이루지 못한 과제는 오래도록 기억합니다.

나의 첫사랑 그 사람. 문득 생각나지 않으신가요? 첫사랑은 이루어지지 못한 경우가 많죠. 그 사람을 만나서 하고 싶은 것도 다 해보고 지지고 볶고 다 해봤다면 시원하게 잊어버릴 수 있을 겁니다. 그렇지 못했기 때문에 잊어버릴 수 없는 거죠.

내가 해보고 싶었지만 하지 못했던 일도 마찬가지입니다. 내가 진짜 하고 싶었던 일이 있었지만 여건이 허락하지 않아서 혹은 주변의 반대 때문에 하지 못했다면 분명 두고두고 기억하며 후회하게 됩니다. 그 일을 시도해보고 성공 혹은 실패를 했다면 잊어버릴 수 있을 테지만, 그렇지 못했기 때문이죠.

이런 상황에서는 어떻게 하면 좋을까요.

지금이라도 할 수 있는 일이 있다면 바로 시작해보세요. 완성되지 못한 과제이기 때문에 기억에 오래 남는다면, 과제를 완성하기 위해 시도를 하는 겁니다. 성공하든 실패하든 완성된 결과가 나오면 더 이상 그 일에 미련을 갖지 않게 되니까요.

두고두고 후회하며 시간을 보내는 것보다 시도해보고 실패하더라도 미련 없이 잊어버리는 게 나에게 주어진 인생이라는 시간을 훨씬 더 현명하게 사용하는 방법이 아닐까요?

만약 시도할 수 있는 방법이 전혀 없다면 과거의 내 마음과 만나는 명상을 활용해보세요. 이미 꽉 찬 물 컵에는 새 물을 담을 수가 없습니다. 과거가 담긴 마음에는 새로운 경험을 온전하게 채울 수 없습니다. 즉, 과거를 비워야 하는데요. 그러기 위해서는 과거의 기억에 담긴 나의 감정과 욕구를 만나야 합니다.

게슈탈트 상담 이론에 따르면 우리에게 떠오르는 감정과 욕구를 제 때 해소하지 않을 경우 사라지지 않고 하나의 장면으로 남게 됩니다. 이 장면은 해소되기 전까지 지속적으로 떠올라 현재에 집중하기 어렵게 만듭니다. 그 장면에서 해결되지 못했던 감정과 욕구를 만나야만 해소가 됩니다.

조용한 곳에 앉아 눈을 감아봅니다. 자꾸 생각나는 과거의 그 장면을 떠올립니다. 그 때의 상황을 생생하게 그려봅니다. 어떤 감정을 느꼈는지, 어떤 것을 원했는지 관찰해봅니다.

억울함, 속상함, 슬픔, 원망, 미움, 분노 등 모든 마음을 만나주세요. 상대방에게 하고 싶었지만 하지 못한 말이 있다면 마음속으로 이야기해도 좋습니다. 눈물이 난다면 펑펑 우는 것도 도움이 됩니다. 덮어 두었던 마음들과 다시 마주하는 작업을 반복하다보면, 처음엔 힘이 들겠지만 한 꺼풀 한 꺼풀씩 마음이 풀리기 시작할 것입니다.

모든 마음과 만나고 나면 스스로에게 묻습니다.
'이제 이 기억을 떠나보낼 수 있겠니?'
만약 그래도 좋다고 느껴진다면 그 장면을 구겨서 태워버리는 것을 상상합니다. 이 작업을 시간이 날 때마다 반복합니다.

이 명상법은 과거의 힘들었던 기억과 즐거웠던 기억에서 벗어나는 데 도움이 됩니다. 힘들었던 기억은 마음을 아프게 하고, 즐거웠던 기억은 지금과 비교되기 때문에 현재를 불만족스럽게 만듭니다. 그 모두에서 벗어나면 더 이상 과거에 얽매이지 않게 됩니다. 지나간 것은 그저 지나간 대로 받아들이게 되는 것입니다.

만약 과거의 그 일에서 벗어나고 싶다면, 스스로에게 벗어날 수 있는 시간을 허락하세요. 새로운 시도를 해보거나 과거의 기억과 만나 해결되지 못한 마음을 돌보는 겁니다. 덮어 두었던 그 마음들과 제대로 만난다면 자연스럽게 그 기억을 흘려보낼 수 있을 테니까요.

* 과거의 일 중 자꾸만 생각나는 일이 있다면 적어보세요.

_____

_____

_____

_____

_____

_____

_____

_____

* 그 일을 해결하기 위해 지금이라도 할 수 있는 일이 있는지 생각해보세요.

_____

_____

_____

_____

_____

_____

* 눈을 감고 타임머신을 이용해 그 순간으로 가보세요. 그때 나의
감정은 어땠는지, 내가 원하는 것은 무엇이었는지 생생하게 떠올려
보세요. 그때 해결되지 못했던 내 마음과 만나보세요. 어떤 마음이
었나요?

_____

_____

_____

_____

_____

_____

_____

_____

_____

_____

_____

_____

_____

_____

* '이제 이 기억을 떠나보낼 수 있겠니?'라고 마음에 물어보세요.
그래도 좋다고 느껴진다면 그 장면을 구겨서 태워버리는 것을 상
상해보세요.

정상만을 향해 달려가는 당신에게

미래를 생각하면 불안해지나요? 혹시 불안을 극복하기 위해 목표
만을 바라보며 쉼 없이 달리고 있진 않나요.

프리드리히 니체는 이렇게 말했습니다.

산을 오른다. 짐승처럼, 망설임도 없이.
땀범벅이 되어 오직 정상을 목표로 오를 뿐이다.
오르는 동안 눈부시게 아름다운 풍경이 펼쳐질 테지만,
오로지 높은 곳을 향하는 것 외에는 알지 못한다.
사람은 그 같이 우매한 짓을 때때로 저지른다.
마음의 여유를 잃고 이해타산적인 행동만을 중시한 나머지
오로지 그 관점에서
인간적인 것조차 모두 쓸모없는 짓이라 간주한다.
그리고 결국에는
자신의 인생 자체를 잃게 되는 일이
번번이 자행되고 있다.

이 글을 읽으면 고등학생 때가 생각납니다. 고등학교 시절 저는 오로지 정상만을 향해 달렸습니다. 좋은 성적으로 좋은 대학에 가면, 돈을 많이 벌고 행복해질 거라 생각했기 때문이죠. 마음을 다잡고 지독하게 공부만 했습니다. 주위의 풍경을 돌아볼 틈 없이 꼭대기를 향해 달렸죠.

결국 정상에 올랐지만 너무나 지쳤습니다. 의욕도 상실했습니다. 마음은 허전했습니다. 앞만 보고 달렸기에 놓친 것이 무엇인지 알지 못했습니다.

나중에서야 돌아보니 그때 그 순간을 충분히 즐기지 못했습니다. 목표를 이루어낸 성취감을 즐기기보다 정상을 지켜야한다는 불안함과 부담감을 짊어진 채 쉬지 못하고 달렸습니다.

목표만을 향해 달려가는 길은 효율적이지만, 행복한 길은 아닙니다. 앞만 보고 달리면 길에 핀 영롱한 빛의 꽃들과 그 사이를 날아다니는 나비와 부드럽고 향긋한 바람, 따뜻한 햇살을 만날 수 없으니까요.

천천히 한 걸음 한 걸음 그 순간의 아름다움을 충분히 느낄 수 있어야 가는 길에 주저앉아도 행복합니다.

저에게 조급증이 고민이라며 사연을 보낸 분이 있었습니다. 내용을 읽어보니 끊임없이 일을 끝내는 데에만 몰두하는 분이었습니다. 좀 더 느긋하고 여유롭게 살고 싶은데 게 잘 안 되서 고민이라고 하시더군요.

그 분에게 마이클 앨런 싱어의 책 〈상처받지 않는 영혼〉의 한 구절을 소개해드렸습니다.

자동차를 타고 이리저리 바쁘게 다니지만,
아무것에도 눈길을 주지 않는다.
당신은 거기 존재하지도 않는다.
그저 다음에는 무엇을 해야 할지를 생각하느라 바쁘다.
당신은 한 달, 아니 심지어는 한 해를 앞서가고 있다.
당신은 삶을 살고 있는 것이 아니라 마음을 살고 있다.
그러니 삶을 앗아가는 것은 당신이지, 죽음이 아니다.
사실 죽음은 이 순간에 주의를 기울이게 함으로써
삶을 되찾도록 도와준다.
그것은 당신이 이렇게 말하게 만든다.
'이크! 잘못하다간 내 아이들을 잃겠군.
그들을 보는 것이 이게 마지막일 수도 있겠군.
이제부터는 아이들에게, 그리고 아내와 친구들과
사랑하는 사람들에게 마음을 좀 더 기울여야겠어.
삶을 좀 더 진하게 살아야겠어!'

우리는 마치 영원히 살 것처럼 행동하다가 죽을 때가 가까워야 삶을 돌아보고 후회하곤 합니다. 하지만 죽음이 가까이 있다고 생각하면, 지금 이 순간이 마지막일 수도 있다고 생각하면 어떻게 변할까요?

지금 만나는 사람에게 좀 더 애정을 주고, 이 순간을 충분히 즐기고, 나에게 소중한 것이 무엇인지 진지하게 고민하게 되지 않을까요?

나에게 주어진 삶의 시간이 별로 없다고 생각해보면, 바쁘게 일을 처리하는 것이 중요한지 아니면 주어진 이 순간을 충분히 즐기는 것이 더 중요한지 답을 찾을 수 있을 겁니다.

뒷장에 있는 노트를 활용하여 내가 한 달 후 죽는다면 어떻게 그 시간을 보낼 것인지 생각해보세요. 내 인생에서 정말 중요한 것이 무엇인지 알 수 있을 것입니다.

* 만약 내가 한 달 후에 죽는다면 어떤 게 가장 후회가 될까요?

_____

_____

_____

_____

_____

_____

_____

_____

_____

_____

_____

_____

_____

_____

_____

_____

* 죽기 전 한 달 동안 어떤 일을 하며 시간을 보내고 싶나요?

* 죽음을 생각해보니 내 인생에서 중요한 것들은 무엇인가요?

_____

_____

_____

_____

_____

_____

_____

_____

_____

_____

_____

_____

_____

_____

_____

_____

* 죽기 전 한 달 동안 하고 싶은 일 중 지금 할 수 있는 일을 실천해보세요. 인생이 훨씬 풍요로워질 것입니다.

나중에 행복해지려는 당신에게

'지금 열심히 하면 나중엔 더 행복해질 거야.'
'나중에 돈 많이 벌면 여유롭게 살아야지.'

우리는 너무나 쉽게 지금을 희생하고 나중에 행복해지기로 다짐합니다. 그렇게 사는 것이 지금 행복해질 기회를 포기하는 선택이 될 수도 있다는 걸 잊곤 합니다.

한 농부가 있었습니다. 소규모로 농사를 짓고 수확한 곡식과 채소를 가족과 함께 먹고 이웃과 나누며 행복한 시간을 보냈습니다.

어느 날 한 사람이 농부에게 찾아와 내년에 농부의 쌀 50가마니를 사겠다고 제안했습니다. 농부는 돈을 벌 생각에 신이 나 그 제안을 받아들였습니다.

농부는 돈을 벌기 위해 벼농사에 힘썼습니다. 50가마니를 채우기 위해 일하는 시간은 길어져만 갔습니다. 하지만 나중에 많은 돈을 벌 생각에 더욱 열심히 일했습니다.

가을이 되어 수확을 하고 쌀 50가마니를 산 그 사람은 내년엔 100가마니를 사겠다고 제안했습니다. 돈을 두 배나 벌 수 있다는 생각에 농부는 제안을 받아들였습니다.

이제 벼농사에만 몰두한 농부는 다른 채소들은 돌볼 수 없게 되었습니다. 벼농사에 시간과 에너지를 쏟으니 집에 와서는 내내 잠만 잤습니다.

어느 날, 아내가 농부에게 물었습니다.
"당신, 쌀을 100가마니나 팔아서 도대체 뭘 하려고 그래요."

농부는 말했습니다.
"돈 많이 벌어서 우리 가족이랑 행복하게 살려고 그렇지."

아내는 말합니다.
"그 돈 버는 것 때문에 당신이 가족과 함께 보내는 시간은 오히려 사라졌는걸요."

그때서야 농부는 쌀 100가마니를 위해 포기하고 있는 것이 나중에 얻으려고 했던 가족과 보내는 행복한 시간이라는 사실을 깨닫게 되었습니다.

이야기 속 농부처럼 저도 행복을 미루는 사람이었습니다. '나중에 돈을 많이 벌고 나면 바다 보고 싶은 날엔 바다가 보이는 곳으로 여행가고, 배우고 싶은 게 생기면 마음껏 배우러 다니고, 보고 싶은 책이나 영화가 있으면 언제든 보러가고, 만나고 싶은 사람들 만나면서 여유롭게 살아야지.' 라고 생각했습니다.

하지만 나중에 하려던 그것들은 거창한 것이 아니라 마음만 먹으면 지금도 충분히 할 수 있는 것들이었습니다.

행복을 미루는 것도 습관입니다. 정말 나중에 돈을 많이 벌면 더 여유롭게 살 수 있을까요? 지금보다 돈을 더 벌더라도 여유를 즐기기는커녕 바쁜 것이 습관이 되어 여유를 즐기지 못할 가능성이 더 큽니다.

지금 행복하지 않으면 나중에도 행복하기 어렵습니다.
그러니 조금만 여유를 가져보는 건 어떨까요.
지금 나에게 작은 행복을 선물해보세요.

내가 좋아하는 취미도 해보고, 내가 사랑하는 사람도 만나고, 나만을 위한 휴식 시간도 선물하며 천천히 지금을 즐겨보세요. 지금을 즐길 수 있는 사람만이 나중도 즐길 수 있답니다.

* 돈을 많이 벌면 혹은 시간이 많아지면 '나중에 꼭 해야지.'라고
생각했던 일들을 한 번 적어보세요.

_____

_____

_____

_____

_____

_____

_____

* 그 중에서 마음만 먹으면 지금 할 수 있는 일이 있나요? 한 번
골라보세요.

_____

_____

_____

_____

_____

_____

_____

* 지금 할 수 있는 일은 지금 실천해보세요. 언제 할 건가요? 그 일을 하려면 무엇이 필요한가요? 필요한 것을 얻기 위해 어떻게 하면 될까요? 계획을 세워 보세요.

언제? _____

_____

_____

필요한 것? _____

_____

_____

_____

_____

_____

_____

필요한 것을 얻기 위한 계획! _____

_____

_____

_____

_____

_____

_____

과거와 미래를 바꾸고 싶은 당신에게

과거를 후회하고 있나요? 미래를 정확하게 예측하고 싶나요?
과거와 미래를 바꿀 수 있는 방법이 있다면 믿으시겠어요?

과거와 미래를 바꿀 수 있는 방법은 바로 '현재'에 집중하는 것입
니다. 무슨 말인지 잘 모르겠다고요?

과거란 현재가 지난 것입니다. 지금 생각해보면 과거지만 '과거'
속으로 들어가 보면 그것은 우리가 '현재'로 경험한 순간이었습니
다. 미래는 다가올 현재입니다. 우리는 미래를 '미래'로 경험하는
것이 아니라 '현재'로 경험하게 될 것입니다. 즉, 우리가 직접 경험
할 수 있는 시간은 현재밖에 없습니다.

그러므로 과거와 미래를 바꿀 수 있는 방법은 단 하나, '현재'를
바꾸는 것입니다. 현재를 바꾸면 바뀐 현재가 쌓여 과거가 됩니다.
현재를 바꾸면 바뀐 현재가 쌓여 미래가 변합니다.

만약 인간관계가 좋지 않았던 과거를 후회하는 사람이 있다고 해
봅시다. 자꾸 과거를 회상하며 후회만 하는 것은 소중한 현재를 놓

치는 행동입니다.

과거를 바꾸고 싶다면 지금 이 순간 할 수 있는 행동을 해야 합니다. 친구들에게 자주 연락을 하거나, 기념일에 편지나 선물을 챙기는 방법을 지금 실천하는 것이죠.

사람들을 잘 챙기는 노력으로 인해 지금의 인간관계가 점차 좋아지겠죠. 그리고 지금이 지나가면 인간관계가 좋았던 과거가 됩니다. 사람들을 잘 챙기는 노력 덕분에 좋은 인간관계는 계속 유지되겠죠. 그러면 미래에도 좋은 인간관계를 가질 것은 분명합니다.

내가 경험할 수 있고, 행동할 수 있고, 인생을 변화시킬 수 있는 유일한 시점은 '현재' 뿐입니다. 그렇기 때문에 지금 이 순간이 가장 소중한 것이죠.

앨런 케이는 이렇게 말했습니다.

시간 속에 모든 가능성이 존재한다.
미래를 예측하는 최고의 방법은
미래를 만들어가는 것이다.

과거를 후회하지 말고 새로운 과거를 만들어보면 어떨까요. 미래를 예측하려 하지 말고 미래를 만들어보면 어떨까요?

지금 이 순간의 소중함을 깨닫고 의미 있는 인생을 창조하시길 바랍니다.

* 과거의 일 중 후회되는 일이 있다면 적어보세요.

_____

_____

_____

_____

_____

_____

_____

* 만약 다시 과거로 돌아갈 수 있다면 어떻게 행동할 건가요?

_____

_____

_____

_____

_____

_____

_____

_____

* 새로운 미래를 만들기 위해 지금부터 어떤 것을 실천할 수 있을까요?

_____

_____

_____

_____

_____

_____

_____

_____

_____

_____

_____

_____

_____

* 과거로 돌아가면 하고 싶은 그 행동을 오늘부터 실천해보세요. 오늘부터 실천한 행동이 쌓여 과거를 바꾸고, 새로운 미래를 만들 거예요.

더 격렬하게 아무것도 안 하고 싶은 당신에게

주말에 하루 종일 누워서 TV만 봤는데도 피곤했던 적이 있죠? 무기력하고 게으른 자신 때문에 스트레스 받고 있지 않나요? 아무것도 안 하고 있는데, 더 격렬하게 아무것도 안하고 싶을 땐 어떻게 하면 좋을까요.

그럴 땐 최대한 나의 한계 끝까지 게을러져 보세요.
게으름을 극복하고 싶은데 게을러지라니 당황하셨나요?

당신이 스트레스를 받는 이유가 과연 게으름 때문일까요? 좀 더 자세히 들여다보면 게으름 때문에 스트레스를 받는 게 아닙니다. 무언가 해야 된다는 생각 때문에 불안하고, 아무것도 하지 않는 자신이 싫고, 그래서 무기력한 마음과 싸우기 때문에 괴로운 겁니다.

'이렇게 가만히 있으면 안 되는데.', '이거 해야 되는데, 너무 하기 싫다.', '난 왜 이렇게 게으르지.', '이런 내가 정말 싫다.' 이런 생각이 나를 괴롭게 하는 거죠.

'아무것도 안 하고 있지만, 더 격렬하게 아무것도 안 하고 싶다.'라 는 말도 자세히 보면, 아무것도 안 하고 싶은 마음과 뭔가 해야 된다는 마음이 싸우고 있기 때문에 더 격렬하게 아무것도 하고 싶 지 않은 것입니다.

그러니 무기력 때문에 마음이 괴롭다면, 무언가 계속 해야 된다는 강박관념에서 벗어나세요. 아무것도 안 하는 것에 죄책감을 갖지 마세요. 아무것도 하기 싫은 마음과 싸우지 마세요. 나의 최대 한 계 끝까지 게을러져서 아무것도 하지 마세요.

차라리 걱정 없이 그 순간을 한 번 즐겨보세요. 최대한 아무것도 하지 않고 게을러지면서 충분히 여유를 느끼고, 그럴 수 있는 그 순간에 감사하는 겁니다. 내가 게으름을 피운다고 해서 세상이 무 너지거나 정말 큰일이 일어나는 것도 아닙니다.

'이렇게 계속 가만히 있어도 될까?'라는 생각이 떠올랐다면, '이런 생각이 들었네. 내가 불안한가 보구나.' 이렇게 알아차리기만 하세 요. 거기에 생각을 더 붙여서 '이러면 안 되는데.', '나는 너무 게 을러.' 이런 식으로 판단을 내리지 마세요. 몸은 가만히 있어도 이 런 생각에 에너지를 소모하면 진정한 휴식이 되지 않으니까요.

우리는 흔히 몸을 움직이지 않으면 쉬는 거라고 착각하는 경우가 많습니다. 하지만 진짜 휴식이 되려면 몸뿐만 아니라 '머릿속', 즉 '정신'도 쉬어야 합니다. 머릿속에 있는 수많은 생각들을 비워내야 비로소 쉴 수 있는 거죠.

누워서 TV를 보면 몸은 가만히 있지만 머릿속에서는 끊임없이 정 보를 처리합니다. 끊임없는 시각적, 청각적 자극이 정신을 쉬지 못하게 하는 것이죠. 그래서 가만히 누워서 TV만 봐도 피곤한 것입니다.

그러니 생각을 비우고 충분히 현재에 머무르며 몸과 정신을 쉬어 보세요. 그것이야말로 당신에게 필요한 진정한 휴식입니다.

무기력은 당신에게 지금 아무것도 하지 않고 휴식하는 게 필요하다는 신호입니다. 그리고 무기력을 이기는 가장 빠른 방법은 무기력에 저항하여 싸우지 않고 그냥 충분히 무기력해지고 충분히 게을러지는 것입니다.

그런데 오늘까지 안 하면 정말 내 생업에 큰 문제가 생기는 일이 있다고요?

그렇다면 '이 일을 해야만 한다.'라고 생각하지 말고 '나는 ~을 원하기 때문에 이 일을 하기로 선택했다.'라고 바꿔 말해보세요. '나는 정말 하기 싫은 이 일을 오늘까지 꼭 해야만 한다.'라는 생각을 '나는 안정적으로 내 생업을 유지하기 원하기 때문에 오늘까지 이 일을 끝내기로 선택했다.'라고 바꿔서 말해보는 겁니다.

'이 하기 싫은 과제를 해야만 해.'라는 생각이 든다면 '나는 이 수업에서 낙제하지 않고 제대로 이수하기를 원하기 때문에 오늘 이 과제를 하기로 선택했다.'라고 바꿔서 말하는 것이죠.

이렇게 하면 '꼭 해야만 한다.'라는 의무감보다 '나는 원하는 것을 이루기 위해 이것을 하기로 선택했다.'라는 본인의 의지와 자율성이 반영되기 때문에 그 일을 대하는 마음가짐이 바뀝니다.

생계가 달려있거나 하지 않으면 인생에 큰 문제가 생기는 일이라면 어차피 하게 될 거잖아요. 이왕 할 거라면 '내가 선택했고 원하는 일이니 기꺼이 하겠다.'라는 마음가짐으로 하는 게 훨씬 마음이 가볍겠죠?

뒷장에 있는 노트를 활용하여 가벼운 마음으로 'To Do List'가 아닌 'Want To Do List'를 적어보고, 즐거운 마음으로 실천해보세요.

* 아무것도 안하고 있지만 더 격렬하게 아무것도 안 하고 싶은 적이 있었나요? 그 때 내 안에서 어떤 마음들이 싸우고 있었는지 적어보세요.

_____

_____

_____

_____

_____

_____

_____

_____

* 하기 싫은 마음과 씨름하면 더 괴로워질 뿐입니다. 앞으로 이런 순간이 다가오면 어떻게 할 건가요?

_____

_____

_____

_____

_____

_____

* 그동안 '꼭 ~해야 한다'라고 생각했던 일을 '나는 ~를 원하기 때문에 ~하기로 선택했다.'라고 바꿔서 적어보세요.

예시) 나는 꼭 운동을 해야 한다. → 나는 건강을 원하기 때문에 운동을 하기로 선택했다!

* 내일 해야 할 일을 적는 'To Do List'가 아니라 내일 하고 싶은 일을 적는 'Want To Do List'를 작성해보세요. 그 이유도 함께 적어보세요.

예시) 운동을 하겠다! - 건강한 몸매와 건강한 노후를 위해!

　　　야근을 하겠다! - 책임감과 성취감, 업무능력 향상을 위해!

죽고 싶다는 생각이 드는 당신에게

삶이 괴롭고 힘들어 죽고 싶다는 생각이 드나요?
그럴 때는 어떻게 마음을 다스리면 좋을까요?

저도 죽고 싶다는 생각을 자주 하던 시기가 있었습니다.
첫 번째는 고등학교 시기였습니다. 그때는 학업 스트레스와 성적을
유지해야 한다는 부담을 가득 안고 있었습니다.

게다가 어려운 가정환경과 아픈 엄마를 위해 내가 할 수 있는 일
은 공부밖에 없다고 생각했기 때문에 성적에 집착했습니다. 시험
문제 하나 맞고 틀리느냐에 따라 울고 웃었습니다. 성적 유지에 대
한 부담과 불안, 우울함으로 사는 게 버겁게 느껴졌습니다. 처음으
로 죽고 싶다는 생각이 들었습니다.

두 번째는 대학 졸업 후 계속된 고시 실패와 취업 실패로 좌절했
던 시기였습니다. 자존감은 낮아질 대로 낮아져 바닥을 쳤고, 우울
과 절망이 찾아왔습니다. 아무것도 못하고 침대에 꼼짝하지 않고
누워서 생각만 하면서 하루를 보냈습니다. 너무 우울하고 무기력해
서 아무것도 하고 싶지 않았기 때문입니다.

그때는 정말 이 세상에 나 혼자만 있는 것 같고, 아무도 나를 이해해 주지 못할 것 같은 지독한 외로움과 쓸쓸함을 느꼈습니다. 이 세상을 잘 살아갈 수 있을까 두려웠고, 죽고 싶다는 생각이 자주 들었습니다.

그런데 마음공부를 시작하고 그 시기를 돌아보며 깨달은 바가 있습니다. 만약 당신도 죽고 싶은 생각이 든다면 두 가지를 꼭 기억했으면 좋겠습니다.

첫째, 생각은 늘 부정적인 방향으로 흐른다는 것입니다.
훈련되지 않은 생각은 부정적인 방향으로 흘러가기 쉽습니다. 이는 진화론적으로 인간의 뇌가 어떤 상황을 부정적으로 판단하고 경계해야만 위험을 대비하고 살아남을 수 있었기 때문입니다. 생각을 계속하다 보면 부정적인 생각이 꼬리에 꼬리를 물고 일어날 가능성이 매우 높습니다.

물론 생각을 잘 활용하면 삶에 도움이 됩니다. 하지만 우울하고 불안한 감정 상태에서 생각을 계속하면 부정적인 생각만 반복되며 결국은 파국적인 결론에 닿게 됩니다. 따라서 이럴 때는 차라리 생각을 잠시 멈추고 억지로라도 몸을 움직이거나 다른 활동에 집중하는 게 훨씬 낫습니다.

'내 생각'은 내가 아닙니다. 생각은 생각일 뿐입니다. 생각의 속성 자체가 부정적으로 흐른다는 사실을 꼭 기억하고, 그 생각에 속지 말아야 합니다.

둘째, 죽고 싶다는 생각 속에 오히려 '더 잘 살고 싶다'는 욕구가 숨어있다는 사실을 기억해야 합니다.

죽고 싶다는 생각을 겉모습만 보고 판단해서는 안 됩니다. 왜냐하면 그 심층에는 오히려 살고 싶다는 욕구가 담겨 있기 때문입니다.

죽고 싶다는 생각을 하게 되는 이유는 현재 상황을 피하고 싶은 욕구에서 출발합니다. 지금 힘들고 우울하고 어려운 이 상황을 벗어나고 싶은 거죠.

왜 그 상황을 벗어나고 싶은 걸까요? 제대로 잘 살고 싶은데, 마음대로 안 되기 때문입니다. 내가 원하는 대로 제대로 좀 살아보고 싶은데 잘 안 되니까 그 상황을 벗어나고 싶은 겁니다.

'그냥 대충 살면 되지.'라는 마음을 가진 사람은 오히려 죽고 싶다는 생각을 하지 않습니다. 제대로 잘 살고 싶은 마음이 있어야만 죽고 싶은 마음도 생기는 것입니다.

그러면 이렇게 생각해보면 어떨까요?
'정말 내가 지금 죽고 다시 태어난다면, 어떤 삶을 살까?'
'어제까지의 나는 죽었다고 생각하자. 그럼 나는 어떻게 살고 싶은가?' 스스로에게 물어보는 겁니다.

제가 스스로에게 이 질문을 했을 때, 엄청난 부담감을 갖고 인생을 살고 있었다는 사실을 깨달았습니다. 가난한 집안을 일으켜야 한다는 장녀로서의 책임감, 부모님을 책임져야 한다는 부담감, 하고 싶은 것을 포기하고 해야 하는 것만 하며 살아야 한다는 생각이 어깨를 무겁게 짓누르고 있었던 거죠.

그래서 이렇게 선언했습니다. '그래. 책임감과 부담감을 잔뜩 짊어지고 살았던 나는 이제 죽었다. 이제 나는 새로 태어났다! 이제부터는 내가 정말 살고 싶은 대로 자유롭게 살 거다. 하고 싶은 것을 하며 즐겁게 살아갈 테다!' 마음가짐을 완전히 바꾸고 다른 삶을 살기로 선택한 것이죠. 그러자 가벼운 마음으로 새로운 인생을 살아갈 수 있게 되었습니다.

이렇게 죽고 싶은 마음이 든다면 그런 생각이 들 수밖에 없는 나의 힘든 마음을 알아주는 것이 중요합니다. '내가 더 잘 살고 싶구나.', '내가 제대로 살고 싶구나.' 하고 나의 욕구를 알아주고 위로해 주세요. 스스로에게 자비와 사랑의 마음을 내어주세요.

죽고 싶은 생각에 끌려가는 것이 아니라 마음의 중심을 지키며 그 생각 또한 지나가는 나그네일 뿐이라는 사실을 기억하세요. 그 부정적인 생각은 내가 아니니까요.

그리고 어제까지의 나를 죽여 버리고 오늘부터 새로운 삶을 살아보시길 바랍니다.

당신은 존재 자체로 충분히 사랑받을만하고, 인생에서 행복과 풍요를 누릴 자격이 있으니까요.

* 죽고 싶다는 생각이 들었던 때가 있었나요? 그때의 상황을 떠올려 보고 적어보세요.

_____

_____

_____

_____

_____

_____

_____

_____

* 그때 죽고 싶은 생각이 든 이유는 무엇일까요? 내 안에 숨어 있었던 제대로 잘 살고 싶은 욕구를 찾아보세요.

_____

_____

_____

_____

_____

_____

_____

_____

* 죽고 싶다는 생각을 했던 '나'가 죽고 다시 새로 태어난다면, 어떤 인생을 살고 싶은지 적어보세요.

_____

_____

_____

_____

_____

_____

_____

_____

_____

_____

_____

_____

_____

_____

_____

_____

_____

* 어제까지의 나를 죽이고, 오늘부터 그 삶을 살기로 선택하세요.

인생의 목적을 알고 싶은 당신에게

살면서 한 번쯤은 '인생을 왜 살까?', '삶의 목적은 무엇일까?' 라는 생각을 해 본 적 있죠?

물론 내 인생의 목적은 내가 정하는 것입니다. 하지만 죽음의 순간 후회와 한탄의 눈물을 흘리지 않기 위해서 인생에도 가이드라인 있으면 참 좋겠죠.

의학적으로 죽음에 이르렀다가 다시 의식을 되찾고 깨어난 사람들이 있습니다. 이들을 '임사체험자'라고 합니다. 죽음을 겪은 그들의 이야기를 들어보면 삶의 목적이란 과연 무엇인지 힌트를 얻을 수 있습니다.

임사체험자인 아니타 무르자니는 책 〈그리고 모든 것이 변했다〉에서 죽음을 경험하고 나서 깨달은 인생의 목적에 대해 소개하고 있습니다.

흔히 우리는 인생의 목적을 무언가 배우기 위해서라고 말합니다. 어떤 종교에서는 사후를 위한 준비라고 말하기도 합니다. 하지만 아니타 무르자니는 그렇지 않다고 말합니다. 왜냐하면 그녀가 죽음을 경험해보니 뭔가 준비하거나 배워서 올 필요 없는 너무나 온전하고 완전한 상태였기 때문입니다.

그녀는 삶에서 뭔가 꼭 배워야 한다거나 꼭 성취해야 하는 것은 없다고 말합니다. 그저 '진정한 내가 되는 것'이야말로 인생에서 해야 할 일이라고 강조합니다. 다시 말하면, 있는 그대로의 나를 마음껏 표현하고, 내가 사랑하는 것들을 마음껏 누리는 것이 인생의 목적이라는 것입니다.

따라서 삶에서 길을 잃은 것 같은 기분이 든다면, 그것은 내가 가슴을 따르며 살고 있지 않다는 신호라고 말합니다.

그녀는 프리즘에 비유를 합니다. 흰 빛이 프리즘을 통과하면 7가지 무지개 색깔로 나타납니다. 마찬가지로 우리의 순수한 본질인 흰 빛이 프리즘을 통과하여 무지개 색깔 즉, 다양한 개성을 지닌 개인으로 태어난 것입니다.

파란색이 빨간색에게 '너의 색깔은 사악해. 넌 나보다 못났어.'라고 말하는 건 우스운 일입니다. 모두가 파란색이 되려고 노력하는 것도 의미가 없습니다. 색깔엔 옳고 그름이나 우열이 없으니까요.

즉, 우리는 누군가를 판단하거나 누군가와 똑같이 되려고 할 필요가 없습니다. 그저 내 고유의 빛을 발하며 살아가면 되는 것입니다.

실제로 아니타 무르자니는 죽음에서 깨어난 후 판단하고 구별하는 능력이 손상되었다고 고백합니다. 더 이상 좋은 것과 나쁜 것, 옳은 것과 그른 것 사이에 뚜렷한 선을 그을 수 없었습니다. 오로지 연민과 사랑만을 느끼게 됩니다.

심지어 우리가 증오하고 비난하는 범죄자에게도 연민 외에는 어떤 것도 느낄 수 없었다고 말합니다. 그들이 그런 행동을 하는 것은 그들 안에 온갖 좌절과 고통, 자기 증오가 가득하기 때문임을 이해하게 된 것입니다.

즉, 범죄자들은 '정신적인 암'을 앓고 있는 병든 사람들이라는 사실을 깨달은 것입니다. 그들에게는 처벌뿐만 아니라 정신적 치유가 절실히 필요한 거죠.

우리는 죽음 이후에는 느낄 수 없는 멋진 삶의 경험들을 하기 위해 인생을 선물 받았습니다.

따라서 살아있기 때문에 할 수 있는 다양한 경험을 누리고, 가슴이 따르는 대로 나만의 모습으로 살아가는 것이야말로 인생의 목적입니다. 사랑과 열정, 그 밖의 수많은 감정들을 경험하는 것. 자기에게 기쁨을 주는 일과 관계를 만드는 것 모두 포함되겠죠.

이렇게 진정한 내가 되려면 꼭 필요한 것이 있습니다. 바로 나의 지금 색깔 그대로를 존중하는 것입니다. 그래야만 나를 있는 그대로 표현하고, 내 색깔 그대로 살 수 있으니까요.

당신이 스스로를 있는 그대로 인정하고 사랑하며, '진정한 나'로 살아갈 수 있었으면 좋겠습니다.

* 지금 나의 색깔은 무엇일까요? 나에 대해 아는 만큼 적어보세요.

_____

_____

_____

_____

_____

_____

_____

_____

_____

_____

_____

_____

_____

_____

_____

_____

_____

_____

_____

* 삶의 목적은 '진정한 내가 되는 것'입니다. 내가 사랑하는 것을 누리고 진정한 내 모습 그대로 살기 위해 어떻게 해야 할까요?

_____

_____

_____

_____

_____

_____

_____

_____

_____

_____

_____

_____

_____

_____

_____

_____

제3장

가벼고 편안한 마음을 갖고 싶다면

인생에 문제가 많다고 생각하는 당신에게

'내 인생에는 왜 이렇게 문제가 많을까.' 라고 생각하나요?
일상에서 사소한 일에도 자주 스트레스를 받나요?

우리는 흔히 주어진 어떤 '사건'과 '조건'이 나에게 스트레스를 준
다고 생각합니다. 하지만 자세히 들여다보면 스트레스를 주는 것은
외부 상황이 아니라 바로 '나의 마음'입니다.

비가 오는 상황입니다. A는 '출근해야 되는데 하필 비가 오네. 아
짜증 나.'라고 생각하며 스트레스를 받았습니다. 그럼 비가 오는
상황이 A에게 스트레스를 준 걸까요?

여기 B라는 사람이 있습니다. B는 비가 오니 너무나 행복했습니
다. '며칠 동안 비가 안 와서 우리 농장에 농작물이 말라죽을 지경
이었는데, 비가 와서 참 다행이다.'라고 생각했습니다.

비가 오는 똑같은 상황에서 A는 스트레스를 받고 B는 스트레스를
받지 않았습니다. 그렇다면 비가 오는 상황 자체가 스트레스의 원
인이라고 할 수 있을까요?

주어진 상황이나 조건 자체는 스트레스의 원인이 아닙니다. 그것을 '어떻게 받아들이느냐'가 스트레스의 원인이 됩니다.

과거에는 문제라고 생각했던 것이 시간이 지나고 보니 전혀 문제가 아니었던 경험이 있나요? 다섯 살짜리 아이에게 장난감을 빼앗긴 상황은 인생의 어마어마한 문제입니다. 세상이 끝난 것처럼 울어대죠. 하지만 지금 돌아보면 그 상황이 정말 인생의 큰 문제였나요.

마찬가지로 지금 내가 인생의 문제라고 생각하고 있는 것도 나중에 보면 전혀 큰 문제가 아닐 수 있습니다. 그렇다면 '나중'이 아닌 '지금 당장' 그 상황을 문제라고 생각하는 마음을 버리면, 그 상황은 더 이상 문제가 되지 않겠죠. '문제가 아니다'라는 관점으로 바라보면, 그것은 더 이상 문제가 아닐 수 있다는 겁니다.

에크하르트 톨레는 책 〈지금 이 순간을 살아라〉에서 이렇게 말했습니다.
문제가 없다는 것을 깨달아야 합니다. 오직 지금의 상황이 있을 뿐입니다. 문제는 마음이 만드는 것입니다.

인생에 '문제'란 원래 존재하지 않습니다. 어떤 '상황'만 있을 뿐입니다. 그 상황을 '문제'라고 이름표를 붙이는 순간, 그것이 내 인생의 문제가 되는 것입니다.

따라서 우리에게는 '문제'라는 이름표를 붙이지 말고 있는 그대로 받아들이는 연습이 필요합니다.

시험 성적이 떨어지거나 준비한 시험에 불합격한 상황이라면, 마음 속에서 '이 시험은 망했어.', '절망적이야.', '난 실패자야.', '왜 나한테 이런 안 좋은 일이 일어나는 걸까.', '이번 생은 망했어.' 등 부정적인 판단이 쏟아질 것입니다. 이러한 마음에 동조하면 부정적인 생각이 꼬리에 꼬리를 물고 일어납니다.

그럴 땐 잠깐 숨을 고르고 있는 그대로의 상황을 받아들여보세요. 시험에 떨어진 상황을 '상황'으로만 지켜볼 뿐, 부정적인 판단을 더하지 않는 것입니다. 부정적인 마음에 동조하지 않고 침묵한 채 지켜보면 놀랍게도 그 마음이 금방 사라지는 것을 알게 될 것입니다.

상황을 있는 그대로 받아들이면 짜증과 스트레스, 우울과 같은 부정적인 감정이 크게 일어나지 않습니다. 게다가 부정적인 감정에 소모될 에너지를 줄일 수 있으니 효과적으로 그 상황에 대처할 수 있습니다. 절망 속에 빠져 있는 것이 아니라 상황을 진단하고, 앞으로 어떻게 해야 할지 계획을 세우는데 에너지를 쓸 수 있는 것이죠.

저는 나름 열심히 준비했던 고시 시험에서 3년 내내 떨어졌습니다. 우울하고 절망적이었습니다. 스트레스 때문에 불면증에 시달리고, 살도 빠지고, 피부 트러블도 심했습니다. 시험의 실패를 내 인생의 실패처럼 생각했습니다.

그런데 그 상황을 보는 관점 때문에 스트레스가 발생한다는 것을 알게 되고 난 후부터는 스트레스를 받지 않을 수 있었습니다. '시험에 떨어지는 사람이 있어야 붙는 사람도 있지.', '시험에 떨어진다고 인생이 실패하는 것은 아니지.'라며 관점을 바꾸니 시야도 확장되었습니다. 고시 공부 외에 다른 경험도 할 수 있게 되었고, 내가 삶에서 정말 해보고 싶은 것에 대해 고민해보게 되었습니다.

지금은 '그때 시험에 떨어진 게 참 잘 되었다.'라고 생각합니다. 그 시험에 한 번에 합격했다면, 인생에 대한 진지한 고민을 하고 다양한 경험을 할 수 있는 기회가 없었을 테니까요. 이렇게 주어진 상황을 다르게 볼 수 있는 마음의 여유가 필요합니다.

실천하기 어려울 수 있습니다. 우리가 그동안 항상 판단을 하면서 살아왔기 때문이죠. 하지만 작은 일부터 있는 그대로 보는 연습을 해본다면 스트레스도 줄어들고 마음이 평온해질 것입니다.

뒷장에 마련해놓은 〈인생 문제를 없애주는 지우개 노트〉를 활용하여 나에게 주어진 상황을 문제가 아닌 객관적인 '상황'으로 바라보는 연습을 해보세요.

부정적인 이름표를 붙이는 마음에 끌려 다니는 '노예'가 아니라 마음을 다스릴 줄 아는 마음의 '주인'으로 살아보는 게 어떨까요?

'나는 내 마음의 주인으로 살겠다.' 다짐하고, 관점을 바꿔봄으로써 삶의 문제를 사라지게 만드는 지혜를 발휘하면 좋겠습니다.

* 예전에는 '문제'라고 생각해서 고민했는데, 지금은 더 이상 문제가 되지 않는 것들을 떠올려보세요.

_____

_____

_____

_____

_____

_____

_____

_____

_____

_____

_____

_____

_____

_____

_____

_____

_____

_____

* 지금 내 인생에서 '문제'라고 생각하는 것이 있다면 적어 보세요.

_____

_____

_____

_____

_____

_____

_____

_____

* '30년 뒤에 나'가 지금 내 문제를 본다면 어떻게 생각할까요?

_____

_____

_____

_____

_____

_____

_____

_____

<인생 문제를 없애주는 지우개 노트>

* 지금부터 내 문제가 '문제'라는 관점을 버립니다. 왼쪽에 '문제'를 적고 오른쪽에 '상황'으로 바꿔 적어보세요.

문제?	상황일 뿐!
(예시) 열심히 준비한 시험에서 떨어져버렸다. 꼭 붙어야 되는데... 이 결과를 도저히 받아들일 수가 없다. 이제 내 인생은 망했다.	(예시) 1년간 준비한 시험에 불합격했다. 모든 시험에는 합격한 사람과 불합격한 사람이 있다. 이 결과도 긴 인생에서 작은 부분일 뿐이다. 속상하지만 받아들이겠다.

삶이 고통스러운 당신에게

'인생 살기 힘들다.', '인생은 고통이야.' 이런 생각을 자주 하나요?
삶이 답답하고 무겁게만 느껴지나요?

서광스님의 책 〈치유하는 불교읽기〉에 따르면 불교에서는 고통을
원인에 따라 1차적 고통인 '통증(pain)'과 2차적 고통인 '괴로움
(suffering)'으로 나눕니다.

1차적 고통인 '통증(pain)'이란 뜨거운 것을 만져서 데었을 때나
단단한 물건에 부딪혔을 때 느껴지는 아픔을 말합니다. 혹은 육체
적 고통이 아니라도 사랑하는 사람을 잃었을 때, 좋아하는 사람과
이별했을 때 마음이 아픈 것도 1차적 고통입니다.

반면 2차적 고통인 '괴로움(suffering)'은 1차적 고통 다음에 생깁
니다. 1차적 고통을 겪고 난 다음 '왜 하필 나한테 이런 일이 얼어
나는가.', '저 인간 때문에 내가 아픈 거야.', '이대로 당할 수만은
없지. 어떻게든 복수하고 말 테다' 등 1차적 고통을 거부하거나 부
정하면서 발생하는 고통입니다.

길을 가다가 돌부리에 걸려 넘어졌다면, 이때 넘어져서 아픈 '통증'은 1차적 고통입니다. 반면, '젠장, 도대체 누가 여기다 돌을 놔둔 거야?', '짜증 나, 오늘 재수 더럽게 없네.', '왜 이렇게 되는 일이 없냐.' 등등 내가 넘어진 사실을 그냥 받아들이지 않고 끊임없이 부정적인 생각들을 떠올리고, 하루 종일 기분 나빠하거나 심지어 '나는 운이 없는 사람이다.'라고 생각하며 고통스러워하는 것이 2차적 고통인 '괴로움'입니다.

또 다른 예를 들어볼까요. 사랑하는 사람과 이별하는 상황이라고 해봅시다. 내가 좋아하는 사람과 이별한다면 당연히 마음이 아프겠죠. 이것은 1차적 고통입니다.

반면, '난 이제 완전 혼자야.', '이 세상 아무도 날 이해해주지 못해.', '왜 내가 좋아하는 사람은 다 떠나갈까.', '난 사랑받지 못한 존재야.', '난 사랑받을 자격이 없어.' 등 부정적인 생각을 떠올리며 더 괴로워하는 것은 2차적 고통입니다.

1차적 고통이 타오르는 불꽃이라면 2차적 고통은 그 불에 기름을 부어서 고통을 더 키우면서 괴로워하는 것이죠.

우리를 힘들게 하는 고통은 대부분 2차적 고통입니다. 왜냐하면 1차적 고통은 시간이 지나면서 자연스럽게 사라지지만, 2차적 고통은 꼬리에 꼬리를 물고 계속해서 확장되기 때문이죠.

우리는 아프지 않을 순 없지만, 조금 덜 아플 수는 있습니다. 1차적 고통은 피할 수 없지만, 2차적 고통을 만들지 않음으로써 고통을 줄일 수 있는 것이죠.

지금 내가 겪고 있는 고통은 1차적 고통인가요, 2차적 고통인가요?

1차적 고통이라면 있는 그대로 받아들이고 충분히 아파하고 슬퍼하면 시간이 지남에 따라 사라집니다. 그러나 2차적 고통이라면 내가 그 상황을 있는 그대로 받아들이지 못하고 거부하거나 부정하고 있다는 사실을 알아차려야 합니다.

2차적 고통을 겪고 있다면 내가 거부하고 있는 것이 무엇인지 확인해야합니다. 내가 아프다는 사실을 받아들이기 싫은 것인지, 남에게 약한 사람처럼 보이고 싶지 않은 것인지, 나에게 안 좋은 일이 일어나는 것을 거부하는 것인지 등등 내가 받아들이지 못하는 것을 확인해보는 것입니다.

그 다음 내가 거부하고 있는 것을 인정하고 받아들여야 합니다. 나에게 나쁜 일이 일어날 수도 있다는 것을 받아들이고, 누군가 나를 떠날 수도 있음을 받아들이고, 누군가 떠나가도 나는 혼자가 아님을 이해하며 내가 부정했던 것들을 수용하는 것입니다. '그래, 그럴만했다.' '너무 마음고생 많았다.'라고 내 마음을 토닥여주는 것도 필요합니다.

뒷장에 마련해놓은 노트를 활용하여 지금 내가 겪고 있는 고통을 1차적 고통과 2차적 고통으로 구분해보세요. 얼마나 많은 2차적 고통을 스스로 만들어내고 있는지 확인할 수 있을 것입니다.

'이 또한 지나가리라'라는 말이 있죠. 태풍이 찾아오면 '왜 태풍이 오는 거야?'라고 시비하지 않고 대비를 합니다. 마찬가지로 어떤 상황이 일어나도 문제 삼지 않으면, 그 상황에서 내가 할 수 있는 일을 묵묵히 할 수 있습니다. 이런 태도를 가지면 마음이 참 편하고 가벼워지겠죠.

그러니 괜히 2차적 고통을 만들어 2배, 3배로 아프지 맙시다. 그냥 1차적 고통만큼만 아픕시다. 우리는 고통스럽게 살려고 태어난 것이 아니니까요.

당신이 인생에서 만나는 수많은 고통을 지혜롭게 이겨낼 힘을 가지길 기도합니다.

* 내가 지금 겪고 있는 고통들을 적어보세요.

_____

_____

_____

_____

_____

_____

_____

_____

_____

_____

_____

_____

_____

_____

_____

_____

_____

_____

* 앞에서 적은 고통을 1차적 고통과 2차적 고통으로 구분해보세요.

1차적 고통	2차적 고통
(예시) 연인과 헤어져 마음이 너무 아프다. 사랑하는 사람과 더 이상 만나지 못해 슬프다.	(예시) '나는 이제 완전 혼자다. 아무도 나를 사랑해주지 않는다. 난 사랑받을 자격이 없다.' 이런 생각들 때문에 너무 괴롭다.

* 2차적 고통은 내가 만들어낸 것입니다. 앞으로 2차적 고통을 만들지 않기로 선언해보세요!

화와 짜증이 자주 일어나는 당신에게

자주 분노가 일어나거나 짜증이 일어나나요?
내 안의 분노를 잘 다스리고 싶나요?

짜증이나 분노가 일어나는 이유가 뭘까요. 한 마디로 정리하면 '내 뜻대로 안되기 때문'입니다. 나도 내 뜻대로 안되고, 남도 내 뜻대로 안되고, 나의 상황과 조건도 내 뜻대로 안 되기 때문이죠. 그리고 그 이면에는 '내 뜻대로 되어야 한다.' 혹은 '꼭 ~해야 한다'라는 당위적인 신념이 숨어있습니다.

얼마 전 길에서 싸우는 연인을 봤습니다. 서로 소리를 지르며 싸우니 이목이 집중되었습니다. 정확히 무슨 이유로 싸우는지는 모르겠지만, 신기하게도 두 연인이 하는 말에 공통점이 있었습니다. 둘 다 '네가 이렇게 했어야지!'라고 말하고 있더군요.

정확한 내용은 잘 들리지 않았지만 한쪽에서는 '네가 이렇게 말을 했어야지'라고 말하고, 한쪽은 '네가 그렇게 행동하면 안 되지. 이렇게 했어야지'라고 말하고 있더라고요. 둘 다 상대방이 '이렇게 해야 한다'라는 생각을 갖고 있는데 자기 뜻대로 행동하지 않으니

분노가 치밀었던 것이죠.

우리도 살면서 나도 모르게 '이렇게 해야 한다'라는 신념을 참 많이 갖고 살고 있습니다. '친구니까 의리를 지켜야 한다, 부모니까 자식을 사랑해야 한다, 자식이니까 부모 말을 들어야 한다, 애인이니까 항상 나에게 관심을 가져야 한다.' 등등 참 많죠. 이렇게 타인에 대한 당위적인 기대를 갖고 있으면, 그 기대가 이루어지지 않을 때 그 사람에게 화가 납니다.

타인이 아니라 나에 대한 당위적인 신념도 참 많습니다. '내가 맡은 일은 완벽해야 한다, 나는 모든 면에서 유능해야 한다, 나는 모두에게 인정받아야 한다.' 등이 있죠.

사람이 아니라 환경이나 조건에 대한 기대도 마찬가지입니다. '나의 가정은 화목해야 한다, 내 방은 항상 깨끗해야 한다, 내 교실은 조용해야 한다.' 등이 있습니다.

이런 당위적인 신념을 많이 갖고 있을수록 그 기대가 충족되지 않는 일이 많이 발생하고, 자연스럽게 화와 짜증이 발생할 가능성도 커집니다.

저도 처음 학교에서 강의를 할 때 화가 너무 자주 나서 걱정이 될 정도였습니다. 나중에 돌아보니 '내 수업은 항상 조용해야 한다, 내 수업은 완벽해야 한다, 학생들은 내 말을 잘 들어야 한다.'와 같은 신념을 정말 많이 갖고 있었습니다. 이런 비현실적인 기대를 갖고 있으니 수업에서 누군가 자거나, 수업이 계획대로 흘러가지 않거나, 학생 중 누군가가 제 말을 잘 듣지 않으면 분노가 치밀었던 것입니다.

만약 스스로 분노와 짜증이 많다고 느껴진다면, 그것은 내 안에 '꼭 이렇게 해야 한다'라는 당위적인 신념과 기대가 많다는 증거입니다.

그러면 나의 비합리적 기대와 신념들을 어떻게 분석하고 다스리면 좋을까요.

인지정서행동치료 상담에서 사용되는 방법이 있습니다. 바로 ABC 기법입니다. A는 사건(Acting events), B는 신념(Belief system), C는 결과(Consequences)를 의미합니다.

뒷장에 있는 워크시트를 활용해보세요. ABC 세 파트로 나누어져 있습니다.

A 부분에는 최근 가장 짜증이 나거나 화가 났던 사건을 적어 봅니다. 마치 신문기사를 적듯이 사건만 객관적으로 적어봅니다. 처음부터 객관적으로 기술하려면 어려우니 일단은 그 사건을 상세하게 기록합니다. 그 다음 다시 읽어보면서 객관적인 사건이 아니라 감정이 들어있는 부분이 있다면 C 부분으로 옮겨 적습니다. 너무 주관적인 표현이 있다면 객관적인 표현으로 고쳐 적습니다.

C 부분에는 그 사건의 결과로 발생한 나의 감정을 적습니다. 너무 간단하게 적지 말고 구체적으로 감정과 감정의 이유를 적어 봅니다. 단순히 '화가 났다'보다는 '이렇게 해주길 원했는데, 하지 않아서 화가 났다' 이런 식으로 써봅니다.

마지막으로 B를 적습니다. B 부분이 중요합니다. 나의 당위적인 기대와 신념을 찾아내는 작업이기 때문입니다. C에서 적었던 감정이 일어난 이유를 바탕으로 '꼭 이렇게 해야 한다'라는 나의 당위적인 신념을 찾아 적어봅니다.

친구에게 화가 난 상황이라면 '친구라면 이렇게 해야 한다'라는 당위적인 기대를 찾아보는 겁니다. 가족에게 화가 났다면 '가족이라면 이렇게 해야 한다'라는 당위적 기대를 찾아보는 거죠. 만약 나에게 화가 난 상황이라면 '나는 꼭 이렇게 해야만 한다.'라는 신념이 있는지 찾아봅니다.

이 작업을 하다 보면 내가 얼마나 타인과 환경과 나에 대해 당위적인 기대를 많이 갖고 있는지 파악할 수 있게 됩니다.

우리를 둘러싼 상황은 항상 변화하고, 나도 타인도 늘 변화합니다. 그런데 우리는 변화하는 상황 속에서도 타인이 예전 그대로이길 바라고 있지는 않나요. 혹은 타인도 나처럼 행동하기를 원하고 있지는 않나요?

딱딱한 가지는 쉽게 꺾이지만, 부드럽고 유연한 풀은 흔들거리며 쉽게 꺾이지 않습니다. 마찬가지로 '꼭 이렇게 해야 한다'라는 딱딱하고 고정된 신념을 갖고 있으면 그 기대는 쉽게 꺾이게 되고, 그 결과 분노가 일어날 수밖에 없습니다.

화가 자주 난다면, 내가 안에 당위적인 신념들이 가득하진 않은지 한 번쯤 돌아보는 건 어떨까요?

<ABC기법 워크시트>

* A(Acting events): 최근 가장 화나거나 짜증났던 사건을 적어봅
니다. 기사를 쓰듯 객관적인 사실만 기록합니다.

_____

_____

_____

_____

_____

_____

_____

_____

_____

_____

_____

_____

_____

_____

_____

_____

_____

_____

_____

* C(Consequences): 그 사건의 결과로 나에게 일어난 감정과 생각을 적어봅니다.

_____

_____

_____

_____

_____

_____

_____

_____

_____

_____

_____

_____

_____

_____

_____

_____

* B(Belief system): 위에 쓴 내용을 바탕으로 내 안에 '꼭 이렇게 해야 한다.'라는 신념을 찾아봅니다.

습관을 바꾸고 싶은 당신에게

무의식적으로 일어나는 행동 패턴을 바꾸고 싶은가요?
습관에 끌려가는 것이 아니라 내 마음을 다스릴 수 있는 주인이
되고 싶은가요?

불교심리학이라고 불리는 '유식학'에서는 우리가 행동하는 과정을
이렇게 설명합니다.

감각 - 주의 집중 - 느낌 - 생각 - 욕구 - 행동

예를 들어 사람들이 많은 곳에 가면 수많은 청각 정보 때문에 시
끄럽습니다. 하지만 누군가가 뒤에서 내 이름을 부르면 그 소리에
만 나의 이목이 집중됩니다. '감각'에서 '주의 집중'이 일어난 것이
죠.

그 목소리를 듣고 누군지 파악했다면, 어떤 '느낌'이 일어납니다.
나와 친한 친구의 목소리라면 반갑고 좋은 느낌이 일어날 것이고,
내가 싫어하는 사람이라면 불쾌한 느낌이 일어나겠죠.

다음엔 '생각'이 일어납니다. '저 친구가 여기 웬일이지?' 생각이 들거나, '가까이 갈까 말까?' 고민이 생길 수도 있겠죠.

다음으로 '욕구'가 일어납니다. 좋아하는 친구라면 가까이 다가가서 인사하고 싶은 욕구가 일어날 수 있고, 싫어하는 사람이라면 피하고 싶은 욕구가 일어날 겁니다.

마지막으로 욕구가 '행동'으로 표현됩니다. 나의 욕구에 따라서 친구에게 나가갈 수도 있고, 그 상황을 피하려고 도망갈 수도 있고, 혹은 그 자리에 계속 있을 수도 있겠죠.

이렇게 감각에서 행동으로 이어지는 과정 중간에 나의 느낌, 생각, 욕구를 알아차리면 나의 행동을 조절할 수 있습니다. 원래는 자동적으로 이루어지는 이 과정을 중간에 알아차리면, 무의식적인 행동 패턴을 변화시킬 수 있는 것입니다.

나의 느낌, 생각, 욕구를 알아차리는 연습을 하면, 자동적으로 행동하는 패턴을 끊을 수 있습니다. 습관에 끌려가는 것이 아니라 내가 내 마음의 주인으로 살 수 있는 것입니다.

꼭 바꾸고 싶은 습관이 있다면 원하는 목표를 선언하고, 느낌, 생각, 욕구를 자각하여 자동적인 행동으로 이어지지 않게 멈추는 연습을 해보세요.

처음에는 생각보다는 느낌에 초점을 두고 자각하는 것이 좋습니다. 생각에 초점을 맞추면 생각이 꼬리에 꼬리를 물고 이어져 생각에 끌려가버릴 수 있으니까요.

예를 들어 무의식적으로 화를 자주 내는 습관을 바꾸고 싶다고 해봅시다. 화가 일어나는 순간에 생각에 집중하면 '어떻게 나한테 이럴 수가 있지?', '그 사람은 이런 의도였나?', '나를 무시하는 건가?' 이런 생각이 꼬리에 꼬리를 물고 일어납니다. 그러면 자꾸 그 사건을 머릿속에서 되감기하게 됩니다. 그럼 화가 더 커질 뿐이죠.

그럴 땐 생각이 아니라 몸의 느낌에 집중해서 알아차리는 것이 좋습니다. 화가 일어날 때 가슴이 답답한지, 속이 뜨거운지, 심장이 빨리 뛰는지, 어깨가 움츠러드는지, 몸에 지나치게 힘이 들어가 있는지 느낌에 집중해봅니다. 그리고 의도적으로 몸을 이완해보세요. 그 감정을 조금 떨어져서 지켜보는 데 많은 도움이 됩니다. 그러면 화를 폭발시키는 것이 아니라 차분하게 화를 표현할 수 있습니다.

바꾸고 싶은 습관이 있다면 그 행동을 하기 전에 어떤 느낌과 생각과 욕구가 일어나는지 자세히 관찰해보세요. 그런 느낌이 일어나는 순간을 알아차리고 잠시 멈추는 연습을 해보세요. 그러면 그 이후에 일어나는 무의식적인 말과 행동을 다스리고 습관을 개선할 수 있습니다.

처음부터 완벽하게 바꾸는 건 불가능합니다. 10번 중 1번만 성공해도 스스로를 칭찬해주세요. 습관이 만들어진 시간만큼 습관을 고치는 데에도 충분히 시간을 투자하길 바랍니다.

* 바꾸고 싶은 습관이 있다면 적어보세요.

예시) 폭식하는 습관

_____

_____

_____

_____

_____

_____

* 그 행동을 하기 전에 어떤 느낌과 생각이 드는지 관찰해서 적어
보세요. 한 번에 자각하기 어려우니 반복해서 관찰해봅니다.

예시) 뭔가 허전하다. 외로운 느낌이 든다. 기분이 다운된다.

_____

_____

_____

_____

_____

_____

_____

_____

_____

* 습관적인 행동 대신에 어떤 행동으로 대체하면 좋을까요?

예시) 다운된 기분을 업 시키기 위해 공원 한 바퀴를 돈다.
         내가 원하는 건강한 몸매 사진을 바라보며 물을 한 잔 마신다.

_____

_____

_____

_____

_____

_____

_____

* 비슷한 느낌과 생각이 들 때마다 그 순간을 알아차려 보세요. 그 순간에 멈춘 뒤, 습관적인 행동 대신 위에서 정한 행동을 해보세요. 성공할 때마다 기록하고 나에게 보상을 주세요.

3/23 성공!			

감정을 잘 다스리고 싶은 당신에게

부정적인 생각을 사라지게 하고 싶나요?
감정에 휩싸이지 않고 평온하게 마음의 중심을 지키고 싶나요?

우리는 흔히 감정을 긍정적인 감정과 부정적인 감정으로 구분합니다. 좋은 느낌을 주고 정신건강에도 도움이 되는 즐거움, 기쁨 등은 긍정적 감정이라고 하죠. 반면 불쾌한 느낌을 주고 정신건강에도 도움이 되지 않는 화, 불안, 우울 등은 부정적 감정이라고 구분하죠.

이렇게 구분하는 것까지는 괜찮지만, 긍정적인 감정이 '옳고', 부정적인 감정은 '나쁘다'라고 규정해버리면 자연스럽게 찾아오는 감정을 있는 그대로 받아들이기 어려워집니다. 부정적인 감정은 '쓸모 없다'라고 생각하며 억압하고, 긍정적인 감정에만 매달리게 되니까요.

부정적인 감정을 무조건 피하거나 억압하거나 혹은 그 감정이 들 때마다 나를 탓하는 것은 나에게 독이 됩니다. 부정적인 감정을 느껴질 때 '왜 나는 고작 이런 일로 실망하는 걸까? 나는 왜 이렇게 소심한 걸까?'라고 판단하며 나를 미워하게 될 수 있으니까요.

긍정적인 감정도 마찬가지입니다. 반드시 인생이 항상 즐겁고 기뻐야 한다고 생각하면, 그렇지 않은 순간에는 '뭔가 잘못된 거 같아'라는 생각과 불안감이 찾아오겠죠.

감정은 마음이 보내는 메시지일 뿐 그 자체로 좋거나 나쁜 건 없습니다. 우울이나 불안, 화와 같은 감정도 심리 상태를 알려주고 돌보아주길 원하는 신호일 뿐 그 자체로 나쁜 것은 아니라는 거죠.

그러면 어떻게 해야 감정에 휘둘리지 않고 마음의 중심을 지킬 수 있을까요?

루미의 시 〈여인숙〉에서 힌트를 얻을 수 있습니다.

인간이란 존재는 여인숙과 같다.
매일 아침 새로운 손님이 도착한다.
기쁨 절망 슬픔
그리고 약간의 순간적인 깨달음 등이
예기치 않은 방문객처럼 찾아온다.

그 모두를 환영하고 맞아들이라.
설령 그들이 슬픔의 군중이거나
그대의 집을 난폭하게 쓸어가 버리고
가구들을 몽당 내가더라도
그렇다 해도 각각의 손님들을 존중하라.
그들은 어떤 새로운 기쁨을 주기위해
그대를 청소하는 것인지도 모르니까

어두운 생각 부끄러움 후회
그들을 문에서 웃으며 맞으라.
그리고 그들을 집안으로 초대하라.
누가 들어오든 감사하게 여기라.
모든 손님은 저 멀리에서 보낸
안내자들이니까.

모든 감정이나 생각은 나에게 와서 머물렀다가 떠나가는 손님이라
는 것을 기억해야 합니다. 감정이나 생각은 내가 아닙니다. 그것은
나에게 잠시 찾아왔다 떠나는 손님입니다. 그런데 우리는 떠나버릴
그 손님을 붙잡고 괴로워합니다.

특히 부정적인 감정이나 생각이 드는 경우 그 생각을 빨리 없애버
리거나 피하려고 합니다. 저도 부정적인 생각이 들면 '이런 생각
하면 안 되는데.'라고 판단하거나 빨리 없애버리려고 늘 노력했습
니다. 부정적인 생각도 다 왔다가 사라지는 손님 중의 하나인데,
그 생각을 붙잡아 놓고 괴로워하고 있었던 거죠. 그러나 없애면 없
애려고 할수록 그 생각은 사라지지 않습니다.

오히려 '어떤 감정과 생각이 일어나도 괜찮다'라는 따뜻한 시선으
로 나의 마음을 바라보니 억지로 부정적인 마음을 없애려고 했을
때보다 훨씬 가볍게 그 마음이 사라지는 걸 경험했습니다. 부정적
인 마음을 없애려는 의도 자체를 버리니까 역설적으로 그 마음이
사라지는 거죠.

부정적인 마음도 허용하고, 그 마음 때문에 힘들었던 나의 감정과
생각을 있는 그대로 받아들이고 알아주어야 그 마음이 사라지기

시작합니다.

즉, 감정을 잘 다스리기 위해서는 나에게 찾아오는 감정을 있는 그대로 알아차리고 관찰하는 연습이 필요합니다. 이를 '마음 챙김(mindfulness)'이라고 합니다. 마음 챙김이 훈련되면 어떤 감정이나 생각이 찾아오더라도 잠시 머물다 떠나갈 것임을 알고 있기에 두려워하지 않게 됩니다.

'내가 과거 기억에 빠져서 우울한 기분이 드는구나.', '내가 지금 슬픈 감정을 느끼고 있구나.', '내가 미래를 그려보며 불안해하고 있구나.' 이렇게 마치 나를 제3자로 보면서 알아차리는 거죠.

하루에 5분만이라도 시간을 내어 자리에 앉아 눈을 감고 나에게 찾아오는 느낌, 감정, 생각을 한 번 관찰해보세요. 그리고 그것들이 어떻게 변하고 사라지는지 거리를 두고 지켜보세요. 혹은 일상생활을 하다가 생각날 때 잠깐 멈춰서 내가 지금 이 일을 하며 어떤 생각을 하고 어떤 감정을 느끼고 있는지 한 번 살펴보세요.

이렇게 알아차림을 꾸준히 연습하면 마음을 관찰하는 힘이 길러지고, 마음의 중심을 지킬 수 있는 힘이 자라날 것입니다.

* 나쁜 감정이라고 생각했던 감정이 있다면 적어보세요.

_____

_____

_____

_____

_____

_____

_____

* 그 감정은 나에게 무엇이 필요하다는 신호일까요?

_____

_____

_____

_____

_____

_____

_____

* 그 감정이 신호를 보낼 때 어떻게 행동하는 게 도움이 될까요?

_____

_____

_____

_____

_____

_____

_____

* 평소에 어떤 감정을 잘 다스리고 싶나요?

_____

_____

_____

_____

_____

* 그 감정이 찾아올 때 몸에서 어떤 느낌이 일어나는지, 어떤 생각이 드는지 알아차려 보세요. 여러 번 반복해서 관찰해보세요.

---

* 감정이 나에게 찾아왔다가 떠나가는 과정을 지켜보니 감정에 푹 빠졌을 때와 느낌이 어떻게 다른가요?

---

* 앞으로는 그 손님이 찾아올 때마다 '또 오셨군요.' 알아차리고, 충분히 머무르다 떠나가게 허용해주세요.

자주 우울하거나 불안한 당신에게

평소에 자주 우울하고 불안해지나요?
우울하고 불안한 마음을 어떻게 다스려야 할까요?

노자는 이렇게 말했습니다.

우울한 사람은 과거에 살고
불안한 사람은 미래에 살고
평안한 사람은 현재에 산다.

저는 이 명언을 읽고 크게 공감했습니다. 인생에서 우울했던 순간들을 떠올려보면 대부분 과거의 기억 때문인 경우가 많았고, 불안했던 순간들을 떠올려보면 정말 미래를 생각하고 있었거든요.

우울함에는 다양한 이유가 있지만, 중요한 이유 중 하나가 바로 과거의 기억 때문입니다. 과거에 안 좋았던 기억을 떠올리면서 후회를 하거나, 원하는 대로 하지 못했던 나를 자책하면서 우울감에 빠지기 쉽습니다. 아니면 이미 일어나버린 일을 되새기며 다른 사람을 탓하거나 주어진 상황을 탓하며 우울해지기도 하죠. 반대로 좋앗던 기억을 떠올리는 경우에도 좋았던 과거와 현재를 비교하며 우울해지기도 합니다.

한편, 불안함의 원인은 미래의 불확실성 때문입니다. 앞으로 나에게 일어날 일에 대해 잘 알고 있다면 불안하지 않겠지만, 그렇지 않다면 불안하고 걱정되죠. 그래서 자주 불안한 사람은 미래에 대해 많이 생각하는 사람입니다.

이렇게 될지 저렇게 될지 모르니 불안감은 커지고, 그럴수록 더 많은 시나리오를 만들어서 미래를 예측해보며 더 불안해합니다. 미래에 대해 생각하다 보니 불안해지고, 불안하니까 더 생각하고, 그러면 또 불안해지니 악순환이 반복되는 거죠.

이렇게 과거에 갇혀 있으면 우울해지고, 미래에 갇혀 있으면 불안해집니다. 따라서 우울과 불안에서 벗어나 평안을 유지할 수 있는 방법은 바로 과거나 미래가 아닌 '현재에 머무는 것'입니다.

어떻게 하면 현재에 머물 수 있을까요.

먼저 우울과 불안이 찾아올 때마다 그 사실을 알아차립니다. 예를 들어 우울해졌다면, '아 3년 전 기억이 떠올라서 우울해졌구나.' 이런 식으로 알아차립니다. 불안해졌다면, '아 내가 아직 어떻게 될지 모르는 미래를 걱정하면서 불안해졌구나.'라고 알아차립니다.

처음에는 잘 안될 거예요. 우울과 불안한 감정에 빠지고 허우적대다가 한참 지나서야 그 사실을 알아차리게 될 겁니다. 그래도 괜찮습니다. 알아차림을 계속 연습하다 보면 알아차림이 빨라집니다.

우울과 불안에 빠지는 것을 알아차려야 하는 이유는 알아차리는 순간 더 깊게 빠지지 않을 수 있기 때문입니다. 앞에서 모든 감정과 생각은 우리에게 찾아와서 머물렀다 떠나가는 손님이라고 말했었죠? '우울과 불안이라는 손님이 나에게 잠깐 찾아왔구나.'라고 알아차리세요. 너무 두려워하지 말고요.

우울과 불안을 알아차린 다음에는 나의 지금 호흡에 집중해보세요. 호흡은 현재에 집중할 수 있는 가장 좋은 도구입니다. 왜냐면 호흡은 현재에만 존재할 수 있으니까요.

호흡에 집중하는 좋은 방법은 호흡의 느낌에 집중하는 것입니다. 배가 부풀고 꺼지는 느낌에 집중해도 되고 공기가 콧구멍으로 들어오고 나가는 느낌에 집중해도 됩니다. 잘 느껴지지 않는다면 배나 가슴에 손을 얹고 그 움직임에 집중하면 됩니다. 몸의 힘을 빼고 현재의 호흡을 있는 그대로 느껴보는 겁니다. 호흡을 일부러 크게 하거나 천천히 하려고 하지 말고 그냥 그대로 느껴보세요.

이렇게 호흡을 통해 현재에 집중하는 순간 방금 전에 느꼈던 우울과 불안은 이미 과거가 되었습니다. 그러면 그 손님을 붙잡지 말고 흘려보내주세요.

그래도 우울과 불안이 쉽게 떠나가지 않는다면 충분히 머물게 하면서 바라봅니다. '장기 투숙 손님이 왔구나.'라고 받아들이면 됩니다. 이럴 때는 감정을 빨리 떨쳐버리려고 하지 말고, 그 우울과 불안을 지긋이 관찰하는 것이 더 좋습니다.

자세히 관찰해보면 우울과 불안이 계속 지속되는 것이 아니라는 걸 발견할 수 있습니다. 불안한 느낌이나 생각이 잠깐 떠올랐다가 다시 사라지는 것을 반복할 겁니다. 그러면 그걸 보고 있다가 사라지면 다시 호흡에 집중해보세요.

우울과 불안이라는 손님을 지속적으로 관찰할 때는 너무 가까이 다가서지 말고 한발 물러서서 지켜보아야 합니다. 너무 가까이서 지켜보면, 그 감정 속에 빠져서 객관적으로 바라볼 수 없게 되니까요. 즉, 나와 감정을 분리시켜서 그 감정을 관찰해야 있는 그대로 볼 수 있습니다.

이렇게 호흡에 집중하면서 감정을 있는 그대로 지켜보면, 그 감정들이 머물 만큼 머물다 떠나감을 발견할 수 있을 겁니다.

우울과 불안도 나에게 찾아왔다 떠나가는 손님일 뿐입니다. 그러니 너무 괴로워하지 말고 그 손님들이 찾아왔다가 머물고, 떠나감을 묵묵히 관찰해보세요. 분명 전보다 마음이 잠잠해짐을 느낄 수 있을 겁니다.

* 나를 우울하게 만드는 생각이 있다면 적어보세요.

_____

_____

_____

_____

_____

_____

_____

_____

* 나를 불안하게 만드는 생각이 있다면 적어보세요.

_____

_____

_____

_____

_____

_____

_____

_____

* 호흡에 집중하며 현재에 머물러 봅니다. 우울과 불안이 찾아왔다가 떠나가는 과정을 제3자처럼 바라보세요. '우울이 찾아왔구나.', '불안이 찾아왔구나.', '내가 현재에 머물지 못하고 있구나.' 하고 담담히 알아차려 보세요. 우울과 불안을 관찰해보고 알게 된 사실을 기록해보세요.

_____

_____

_____

_____

_____

_____

_____

_____

_____

_____

_____

_____

_____

_____

_____

_____

어린아이 같은 마음 때문에 걱정인 당신에게

머리로는 성숙하고 지혜롭게 행동하고 싶은데, 자꾸 아이처럼 작은 일에도 서운하고 억울하고 떼를 쓰고 싶은 마음이 들 때가 있죠? 그럴 때는 어떻게 마음을 다스려야 할까요?

이때 사람들이 쉽게 빠지는 함정은 아이 같은 그 마음을 무시해버리는 겁니다. '이 마음은 미성숙하고 나쁜 거야'라고 생각하며 무시하고, 다그치는 거죠. 때로는 그런 생각을 하는 자신을 탓하기도 합니다.

책 〈될 일은 된다〉의 저자인 마이클 앨런 싱어도 처음에는 이런 패턴을 반복했다고 합니다. 마음속에서 자아(ego)의 목소리가 들릴 때마다 그를 무시하며 그와 반대로 행동했던 거죠.

그러던 어느 날, 그전의 엄격했던 태도와는 완전히 다르게 부드러운 태도로 아이 같은 그 마음을 들여다본 순간, 저자는 상상하지도 못했던 강렬한 감정이 한꺼번에 분출하면서 폭포 같은 눈물을 쏟았습니다. 다리에 힘이 풀리며 주저앉았고, 평생치의 감정이 해소된 것처럼 쪼개지듯 가슴이 열렸습니다.

이러한 격렬한 경험 이후 저자는 이 두려움 많고 아이 같은 마음도 하나의 인격체라는 것을 깨달았다고 합니다. 어린아이라고 무시하며 방 안에 가둬두고 끊임없이 입 좀 다물라고 다그쳐서는 안 되는 것이었죠. 그때야 그는 자신의 자아에게 연민을 느꼈다고 합니다.

혹시 마음을 다스린다는 명목으로 내 마음 속 아이의 목소리를 무시하고 있지는 않나요? 성숙하고 지혜롭게 행동해야 한다는 강박관념 때문에 상처받고 서운한 아이 같은 마음을 나 몰라라 하고 있지는 않나요? 남의 감정에는 잘 공감하면서 내 감정에는 공감해주지 못하고 있는 건 아닌가요?

우리 마음속 자아는 내가 보듬어주고 토닥여주고 돌봐주어야 할 소중한 아이입니다.

어린아이가 넘어졌을 때 할머니가 어떻게 아이를 달래던가요. '네가 제대로 안 보고 뛰어다니니까 넘어지지!' 이렇게 탓하지 않죠? '아고 많이 아팠지? 할머니가 바닥 혼내줄게. 떼찌.' 하면서 바닥을 혼내잖아요.

마찬가지로 내 안에 있는 아이에게도 이런 공감과 지지가 필요합니다. '그래서 그런 생각이 들었구나?', '많이 슬펐구나?', '많이 서운했구나?', '괜찮아. 충분히 그럴 수 있어.'라고 위로를 건네주세요. 아이 같은 그 마음을 알아차리고 알아주는 것만으로도 그 마음은 금방 풀립니다.

그렇다고 내면아이의 목소리를 따라 그대로 행동하라는 것은 아닙니다. 힘을 빼고 편안히 그 목소리를 알아차리고, 들어주고 공감해주라는 말입니다. 아이 같은 그 마음을 달래주고 나서 그 마음이 스르르 풀리면, 자연스럽게 지혜롭고 성숙한 결정을 하고 행동할 수 있게 됩니다.

〈바가바드기타〉에 이런 구절이 있습니다.
우리는 자아를 짓밟아서는 안 된다. 참자아와 함께 자아를 상승시켜야 한다.

바람과 해가 나그네의 외투를 벗기기로 내기하는 이야기 아시죠. 나그네의 외투를 벗게 만든 것은 거센 바람이 아니라 따뜻한 햇살입니다. 마찬가지로 자아(ego)의 옷을 벗게 하는 것도 거센 비난과 무시가 아닌 따뜻한 사랑과 인정입니다.

내 안의 아이는 나쁜 아이가 아닙니다. 나와 함께 성숙해나갈 동반자입니다.

일기나 명상을 통해 나의 아이 같은 마음을 한번 자세히 들여다보세요. 나의 마음을 솔직하게 표현해보세요. 솔직한 나의 마음과 만나면서 눈물이 난다면 실컷 울어도 좋습니다. 눈물은 마음이 풀리고 있다는 신호입니다.

그 마음이 풀리고 나면 고요한 상태에서 내 마음 깊은 곳에 어떻게 해야 할 지도 물어보세요. 모든 답은 이미 내 안에 있답니다.

* 아이 같은 마음이 든 적 있나요? 한 번 적어보세요.

_____

_____

_____

_____

_____

_____

_____

_____

* 그런 마음이 들 때 어떻게 행동했나요?

_____

_____

_____

_____

_____

_____

_____

_____

_____

*그 아이 같은 마음이 원하는 것은 무엇이었을까요?

_____

_____

_____

_____

_____

_____

_____

* 아이를 인정해주고 사랑해줄수록 나는 더 성숙해집니다. 그동안 내가 무시하고 구박했던 그 아이 같은 마음에게 따뜻한 위로의 말을 건네주세요.

_____

_____

_____

_____

_____

_____

_____

제4장

관계에서 어려움을 느낀다면

혼자가 편한 당신에게

다른 사람과 친밀한 인간관계를 갖는 것이 불편하게 느껴지나요?
그 누구에게도 나의 속마음을 드러내고 싶지 않나요?

그렇다면 당신은 '회피형' 애착 성향을 가진 사람일 수 있습니다.

회피형 인간은 친밀한 관계를 회피하는 성향을 가집니다. 시련이나
안 좋은 일을 당했을 때도 주위의 도움을 구하려고 하지 않습니다.
아무 일도 없는 것처럼 혼자 버팁니다. 다른 사람에게 힘든 모습을
보이지 않기 때문에 겉으로 보기에 매우 쿨하거나 냉정해 보인다
는 특징이 있습니다. 가족과도 친밀하지 않은 편입니다. 결혼이나
출산을 원하지 않는 경우도 많습니다.

회피형 인간이 친밀한 관계를 피하는 이유는 가깝고 지속적인 관
계를 부담으로 생각하기 때문입니다. 관계를 '속박'이라고 생각하
기 때문에 책임과 구속에서 벗어나 자유롭고 싶은 것이죠.

저도 회피형 인간 중 한 명입니다. 처음엔 이 성향이 문제라고 생
각했지만 지금은 받아들이고 건강한 회피형 인간으로 살기 위해

노력하고 있습니다.

건강한 회피형 인간으로 살기 위해 어떻게 해야 할까요?

먼저, 회피형 인간이 비정상적이거나 병에 걸린 게 아니란 걸 받아들이는 것이 중요합니다. 회피형 애착 성향이 어렸을 때 형성되는 건 맞지만, 부모님을 탓할 필요도 없습니다. 완벽한 부모 밑에서 완벽한 양육을 받으며 자란 사람이 과연 얼마나 될까요? 모두가 조금씩 다른 환경에서 자란 것뿐입니다.

회피형 애착 성향을 가졌다고 해서 잘못되었다거나 바뀌어야 한다는 생각을 하면, 성격을 바꾸는 데 집착하게 되고 불행해지기 마련입니다. 회피형 성향을 가진 것에 대해 부정적으로 판단하지 말고 있는 그대로 인정해주세요.

공감과 지원을 받을 수 있는 안전 기지를 만드는 것도 도움이 됩니다. 마음 편하게 원하는 만큼 얘기를 털어놓을 수 있고, 그에 대해 공감과 지원을 해 줄 수 있는 누군가를 만드는 것입니다. 친구나 가족, 애인, 선생님, 상담가 등 누구라도 괜찮습니다.

그런 사람을 원하지 않는다면 먼저 내가 나에게 안전 기지가 되어주세요. 나의 모든 마음을 인정해주고, 공감해주고, 지지해주세요. 나를 존재 자체로 있는 그대로 사랑해주는 안전한 사람이 되어주는 겁니다. 이런 자기 긍정과 자기 존중이 뒷받침이 되어야 나중에 친밀한 관계를 원할 때에도 변화할 수 있습니다.

식물이나 동물을 키우면서 누군가의 안전기지가 되어보는 것도 좋습니다. 누군가를 돌보고 책임지는 방법을 조금씩 배워가는 거죠.

만약 좋은 관계를 만들고 싶다면 누군가가 도움을 준다고 할 때 부담이 된다고 거절하지 말고 받아보는 연습을 해보세요. 도움에 꼭 보답을 해야 한다는 부담감을 내려놓으세요. 꼭 그 사람이 아니라도 다른 사람에게 도움을 베풀 수 있다면 그것도 보답이 될 수 있습니다. 대가를 바라지 않고 서로 도움을 주고받으며 어울리는 법을 익히는 것입니다.

회피형 인간은 비정상적인 것이 아니라 조금 다른 성향을 가졌을 뿐이라는 것을 받아들이고, 필요에 따라 사람들과 관계를 맺는 법을 배운다면 건강한 사회생활을 할 수 있습니다.

만약 내가 아니라 주변에 이런 성향을 가진 사람이 있다면 그 사람을 너무 구속하는 것보다 적정한 거리를 유지하여 상대가 불편하지 않게 기다려주세요. 마음을 여는 데 시간이 많이 걸리니 그 사람을 아끼는 마음으로 기다려주길 바랍니다. 적극적인 공감과 지원으로 곁에 있어준다면 그 사람의 안전 기지가 되어줄 수 있을 것입니다.

* 회피형 인간으로서의 장점은 무엇일까요?

_____

_____

_____

_____

_____

_____

_____

* 필요할 때 원하는 만큼 마음을 털어 놓을 수 있는 나만의 안전 기지는 무엇인가요? 사람이어도 좋고 동물이나 인형, 나만의 일기장도 좋습니다.

_____

_____

_____

_____

_____

_____

_____

_____

* 사람들과 친하게 지내야 할 필요가 있는 경우는 언제인가요?

_____

_____

_____

_____

_____

_____

_____

_____

* 그때 어떻게 행동하면 사람들과 좋은 관계를 맺을 수 있을까요?

_____

_____

_____

_____

_____

_____

_____

_____

누군가에게 상처 받은 당신에게

다른 사람들의 말에 상처를 잘 받는 편인가요?
상처 주는 말들을 무시하려고 해도 잘 안되나요?

우리는 살면서 다른 사람과 관계를 맺으면서 살아갑니다. 그런데 모든 사람이 나와 같지는 않기 때문에 갈등이 발생할 수밖에 없습니다. 그 과정에서 우리는 상대방의 말이나 행동에 상처를 받게 됩니다.

전혀 상처받지 않는 방법이란 존재하지 않습니다. 몸에 상처가 나기 싫다고 해도 어딘가에 부딪히거나 찔리면 당연히 상처가 나고 피가 나잖아요? 마찬가지로 마음의 상처를 받기 싫다고 해서 상처를 피할 수 있는 건 아닙니다. 즉, 상처를 받는 것 자체를 막을 순 없습니다.

하지만 너무 실망하지 마세요. 상처에 덜 아플 수는 있습니다. 상처가 나는 걸 막을 순 없지만, 내가 얼마나 크게 상처받을지, 얼마나 많이 아파할지는 내가 결정할 수 있습니다. 다른 사람의 말이나 행동을 통제할 순 없지만, 나의 마음과 반응은 내가 정할 수 있기 때문입니다.

그럼 어떻게 해야 상처에도 덜 아플 수 있을까요.

먼저 상처받은 내 마음을 자세히 들여다보고, 상처받은 마음을 이해해주세요. 내가 상처받고 아픈 것은 분명 이유가 있습니다. 아무 이유도 없이 상처가 생기진 않으니까요. 그렇기 때문에 내가 왜 상처를 받았는지 찬찬히 살펴볼 필요가 있습니다.

상대방의 말에서 어떤 점이 나를 상처받게 했는지, 그 말이 왜 하필 나에게 상처를 주었는지를 돌아보는 것입니다. 상사가 화를 내서 상처를 받았다면 그냥 '상사 때문에 상처받았다.'에서 끝나는 것이 아니라 상사의 어떤 말이 나에게 상처를 주었는지 생각해보고, 어떤 점이 억울하거나 슬펐는지, 그 순간 나의 감정은 어땠는지, 어떤 생각이 들었는지 자세히 들여다보세요.

글로 풀어내보면 더 좋습니다. 감정을 글로 풀어내어 보면 감정을 해소하고 그 상황을 객관적으로 보는데 도움이 되니까요. 내가 어떤 부분에서 상처를 받았고, 어떤 감정과 생각이 들었는지 구체적으로 쭉 적고 나면 나의 마음 상태가 명확해집니다.

그러면 '내가 이러한 점 때문에 상처를 받았구나. 그럴만했구나. 참 힘들었겠다.'라고 이해하고 다독여주세요. 상처받은 나의 마음을 돌보아주는 것이 가장 먼저 해야 할 일입니다.

두 번째는 내가 그 사람의 평가에 지나치게 휘둘리는 건 아닌지 생각해보세요. 누군가의 말에 크게 상처받는 이유는 엄밀히 따지면 내가 그렇게 허락했기 때문입니다. 그 사람의 말이 옳다고 생각하고, 큰 가치를 부여하고 있기 때문에 더 크게 상처받는 것입니다.

예를 들어 스스로가 예쁘다고 생각하는 사람은 누군가가 '못생겼다'라고 말해도 크게 상처받지 않습니다. 그 사람의 말이 틀렸다고 생각하기 때문이죠. 그 사람의 말에 동조하지 않는 것입니다.

하지만 스스로가 못생겼다고 생각하는 사람은 누군가가 '못생겼다'고 말했을 때 더 크게 상처받습니다. 그 사람의 말에 동의하기 때문이죠. 그 사람의 말이 나를 상처 주도록 허락한 것입니다.

따라서 상대의 말에 큰 상처를 받았다면 내가 상대의 평가에 동조하고 있지는 않은지 살펴보세요. 나도 나를 잘 모르는데, 다른 사람이 나에 대해 완벽하게 알 수 있을까요? 나에 대해 착각했을 수도 있고, 잘 모를 수도 있습니다. 따라서 상대방의 평가에 무조건 동의할 필요는 없습니다.

위인으로 평가받는 사람들 중에는 학창시절 선생님에게 안 좋은 평가를 받았던 사람이 많습니다. 아인슈타인이나 에디슨이 학창시절 교사의 칭찬을 받기는커녕 학업 성적이 좋지 않았다는 것은 이미 잘 알려져 있습니다. 스타 연예인 중에서도 오디션에서 심사 위원에게 악평을 받은 사람도 있습니다. 그 상황에서 상처를 받았겠지만, 그 사람이 틀렸다는 것을 보여주겠다고 다짐하고 자신의 능력을 길러서 성공한 것입니다.

내가 어떤 사람의 평가에 큰 상처를 받았다면, 그 사람의 평가가 완벽히 맞다고 생각하지는 않는지 한 번 돌이켜보세요.

그 누구보다 내가 나에게 어떤 평가를 내리는가가 가장 중요합니다. 그 사람의 평가에 동의하면서 나를 낮게 평가하고 나의 가치를 깎아내릴 필요는 없습니다. '내가 그 사람의 평가에 지나치게 휘둘리는 것은 아닌가.' 생각해보고 상대방이 아닌 나에게 더 중요한 가치를 두기를 바랍니다.

세 번째로 상대의 의도를 추측하지 마세요. 상대의 의도를 추측하는 것은 상처를 더 크게 만드는 일입니다. 상대방이 나에게 직접 공격을 가해서 상처를 받기도 하지만, 나쁜 의도 없이 그냥 한 말이나 행동 때문에 상처받기도 하니까요. 상대가 나를 싫어한다거나 일부러 그랬다고 추측하면 할수록 나의 상처는 깊어집니다.

예를 들어 누군가에게 부탁을 했는데 거절을 당했을 때 충분히 서운할 수 있습니다. 하지만 '이 사람은 나를 싫어하는 것 같아.' 라고 추측하면 더 큰 상처를 받겠죠.

〈장자〉에 이런 얘기가 나옵니다. 배를 타고 강을 가다가 어떤 배가 나에게 와서 쾅 부딪혔을 때, 그 배가 빈 배면 그냥 넘어갑니다. 그런데 그 배에 누군가 타고 있으면, 화를 내며 그 사람에게 세 번이나 소리를 친다는 겁니다. 왜 그 배에 사람이 있을 때만 화를 내는 걸까요?

'그 사람이 잘못했다', '그 사람이 일부러 그랬다'라는 추측과 짐작 때문이겠죠. 추측은 추측일 뿐입니다. 괜히 지레 짐작하면 내 상처만 더 깊어질 뿐입니다.

마지막으로 자비의 마음을 내어 봅니다. 상처가 없는 사람은 상처를 줄 수 없습니다. 상처가 많은 사람일수록 다른 사람에게 상처를 많이 줍니다. 따라서 나에게 상처를 준 그 사람도 결국 상처를 받앉던 사람입니다. 그러니 '그 사람이 부디 자기 상처를 치유하기를. 더 이상 다른 사람을 상처주지 않기를.'이라고 자비의 마음을 내어보세요.

'그 사람이 잘못했는데, 왜 내가 자비의 마음을 내어야 돼?'라는 생각이 드시나요? 자비의 마음을 그 사람을 위한 것이기도 하지만 결국은 나를 위한 것입니다. 증오를 품으면 내 마음의 상처는 쉽게 아물지 않습니다. 그러면 나도 언젠가 누군가에게 똑같은 상처를 줄 수 있습니다. 하지만 자비의 마음을 품으면 상처를 주지 않는 사람이 될 수 있습니다.

뒷장에 있는 〈상처 치유 노트〉를 활용하여 최근 상처 받았던 일을 떠올려보고, 나의 상처를 돌보는 연습을 해보세요.

이렇게 상처 받은 내 마음을 들여다보고, 치유하고, 자비의 마음을 품으면서 상처에 덜 아플 수 있기를 바랍니다.

〈상처 치유 노트〉

* 최근 누군가에게 상처받은 일이 있나요? 그때 내 감정은 어땠나
요? 어떤 생각이 들었나요? 자세히 적어보세요.

_____

_____

_____

_____

_____

_____

_____

_____

_____

_____

_____

_____

_____

_____

_____

_____

_____

_____

_____

* 그 사람이 나에게 내린 평가에 암묵적으로 동의하고 있지는 않나요? 어떤 평가에 동의하고 있었나요?

_____

_____

_____

_____

_____

_____

_____

_____

_____

_____

* 그 사람의 평가가 나를 상처 주도록 허락하지 마세요. 앞으로 나를 깎아내리는 평가는 받아들이지 않겠다고 선언하세요!

예시) 나를 평가 절하하는 말에 동의하지 않겠다!
　　　나에 대한 평가는 내가 하겠다!

_____

_____

_____

_____

* 혹시 상대의 의도를 마음대로 추측하고 있진 않나요? 그런 부분이 있다면 적어보세요.

_____

_____

_____

_____

_____

_____

_____

_____

_____

_____

_____

_____

_____

_____

_____

_____

_____

_____

* 상처 준 사람이 자신의 상처를 치유하고 다른 사람에게 더 이상
상처를 주지 않기를 바라는 자비의 마음을 내어주세요. 자비의 마
음을 담은 말을 적어보세요.

예시) 그 분이 더 이상 다른 사람에게 상처주지 않기를.

_____ 본인의 상처를 치유하시기를. _____

그 사람이 이유 없이 미운 당신에게

나한테 특별히 잘못한 것도 아닌데 괜히 미운 사람이 있나요? 친구 일수도 있고, 윗사람 일수도 있고 나와 직접적으로 관계가 없는 사람일 수도 있습니다. 나는 왜 그 사람이 미운 걸까요?

이봉희 교수님의 책 〈내 마음을 만지다〉에 따르면 내가 미워하는 사람은 '나를 왜소하게 만드는 사람'입니다. 다시 말해 나의 부족함을 드러나게 만드는 사람인데요. 그래서 내가 미워하는 사람을 잘 살펴보면, 충족되지 못한 나의 욕구를 찾을 수 있습니다.

여기 내가 미워하는 사람 A, B, C가 있습니다. 서로 전혀 공통점이 없는 것 같은데, 나는 이 사람들을 미워하고 있습니다.

A는 연예인입니다. 그래서 A는 나를 전혀 모르는데도 나는 A가 괜히 밉습니다. 많은 사람들이 좋아하는 A가 왜 미울까요? 왜냐면 A는 왠지 노력 없이 운으로 성공한 것 같기 때문입니다. A는 유복한 가정환경에서 자랐고, 힘든 시기도 별로 겪지 않은 것 같아요. 그런데 운이 좋아 유명해져서 엄청 쉽게 돈을 버는 것만 같습니다.

이때 A가 미운 이유는 A가 나를 초라하게 만드는 사람이기 때문입니다. A는 유복한 환경과 좋은 운과 돈을 쉽게 버는 것까지 내가 원하지만 나에게 없는 것을 다 갖고 있습니다. 상대적으로 내가 초라해지는 것이죠. 그리고 나에게는 A가 갖고 있는 것을 갖고 싶은 욕구가 있습니다. 하지만 그것은 충족되지 못했기 때문에 A가 미워지는 것이죠.

B는 나의 직장 상사입니다. 내가 하는 일에 간섭을 많이 합니다. 나의 자율성을 허락하지 않고, 자신이 원하는 방향대로 하라고 지시하죠. 원래 대부분의 상사가 하는 일이 그렇다지만, 나는 B가 미치도록 밉습니다. 걸어가는 것만 봐도 꼴 보기가 싫습니다. 도대체 왜 그럴까요?

B도 나를 왜소하게 만드는 사람이기 때문입니다. B는 내가 자율성이 없고, 지시에 따라야만 하는 사람이라는 사실을 드러나게 만듭니다. 나의 연약함이 드러나게 만드는 것이죠.

자세히 살펴보면 나에게는 누구의 간섭도 받지 않고 주도적으로 행동하고 싶은 욕구가 있습니다. 하지만 나의 현재 상태는 상사의 말을 따라야만 하는 자리에 있기 때문에 그 욕구를 충족시키지 못하고 있는 것입니다.

C는 나와 굉장히 비슷한 친구입니다. 내성적이고 소극적인 성격이 나와 너무 비슷해서 친해졌죠. 처음엔 너무 비슷해서 잘 맞는다고 생각했는데 점점 이 친구가 답답하고 만나기 싫어집니다. 왜 그럴까요?

C는 나의 성격 중에서 내가 싫어하는 부분을 그대로 갖고 있기 때

문입니다. C를 보면서 나도 저렇게 소극적이고 답답하다는 점을 상기시키는 것이죠.

C도 나의 약점을 드러내는 사람이 된 것입니다. 이 경우 나에게는 좀 더 적극적인 사람이 되고 싶은 욕구가 숨어있습니다. 그런데 정작 나는 그렇게 잘 못하고 있기 때문에 C를 보며 그런 나를 떠올리는 것이죠.

A, B, C 사례에서 봤듯이 내가 미워하는 사람은 나의 약함을 드러나게 하는 사람, 즉 나를 초라하게 만드는 사람입니다. 그리고 그 이면에는 충족되지 못한 나의 욕구가 숨어있습니다.

그럼 이 미운 감정을 어떻게 다스리면 좋을까요. 미운 감정에 계속 동조하고 내가 물을 주며 미움을 키우면 나만 괴로워지게 됩니다. 그러니 미운 감정을 '나'를 더 이해하고 성장하는 기회로 삼으면 어떨까요.

미운 사람이 생겼다면 그 사람이 미운 이유를 한 번 쭉 적어보세요. 뒷장에 마련해 놓은 노트를 활용해보세요. 그 이유를 계속 파고들어가다 보면 내가 정말 원하지만 이루지 못한 욕구가 드러납니다. 그러면 내가 그런 욕구를 갖고 있음을 인정하고, 그것이 충족되지 못해 열등감을 느끼고 있는 나를 이해해주세요.

만약 할 수 있다면 그 욕구를 실현시키기 위한 방법도 생각해보세요. 예를 들어 상사 B를 미워하는 이유는 나의 자율성과 주도성의 욕구 때문이었죠. 그럼 나의 자율성과 주도성을 충족시킬 수 있는 다른 방법을 찾아보는 겁니다. 직장에서 사용하는 사무용품을 구입할 때 내가 좋아하는 제품을 구입하는 것처럼 아주 사소한 것이라도 괜찮습니다. 상사 B가 간섭하지 않는 영역에서 나의 자율성을 충족시키는 거죠. 직장에서 그럴 수 있는 여지가 전혀 없다면 취미 분야에서 소그룹을 만들어 리더 역할을 하는 등 나의 주도성과 자율성을 발휘해보는 것도 좋습니다.

이봉희 교수님의 표현을 빌리면 '누군가를 미워하는 것은 그 사람 자체를 미워하는 것이 아니라 원하는 욕구를 이루지 못한 나를 미워하는 것'입니다. 그러므로 미운 감정에서 충족되지 못한 나의 욕구를 이해하고, 더 성장하는 계기로 삼는다면 어떨까요? 그렇게 한다면 미운 감정을 더 잘 다스릴 수 있을 것입니다.

* 지금 떠오르는 미운 사람을 적어보세요.

_____

_____

_____

_____

_____

* 그 사람이 미운 이유를 떠올려 봅시다. 그 사람은 어떤 점에서
나를 초라하게 만드나요?

_____

_____

_____

_____

_____

_____

_____

_____

_____

_____

_____

* 그 속에서 나의 어떤 욕구를 찾을 수 있나요?

_____

_____

_____

_____

_____

_____

_____

_____

_____

_____

_____

_____

_____

_____

_____

_____

_____

_____

* 그 욕구를 충족시키기 위해 내가 할 수 있는 일은 무엇일까요?

진상인 사람을 상대해야 하는 당신에게

주변에 나를 힘들게 하는 사람이 있나요?
진상인 사람 때문에 마음을 다쳤나요?

특히 다양한 사람들을 만나는 직업을 가진 분이라면 흔히 '진상'이라 불리는 사람들을 대하면서 마음의 상처를 받게 됩니다. 심하면 마음의 병을 얻기도 하죠. 이런 사람들을 대할 때 어떻게 해야 내 마음이 다치지 않고 편안할 수 있을까요?

먼저 '저 사람 참 가엾다.'라고 생각해보세요.
내가 아니라 왜 그 사람이 가엾냐고요?

사소한 것에도 화와 짜증을 자주 내는 사람을 생각해봅시다. 화와 짜증을 자주 내는 사람은 평소에도 부정적인 생각과 감정에 푹 빠져서 살고 있는 사람입니다. 우리가 하루 중 그 사람과 지내는 시간은 잠깐이지만, 그 사람은 자신의 부정적인 성격과 감정을 온종일 달고 있습니다. 그 사람은 다른 사람을 괴롭히는 것뿐만이 아니라 자기 스스로를 괴롭히며 살고 있는 것입니다.

이렇게 생각한다면 더 불행하고 가여운 사람은 누구일까요? 물론 그 사람 때문에 상처를 입은 나의 마음도 위로받아야 하지만, 평생 그렇게 살아왔고 계속 그렇게 살고 있는 그 사람 본인이야말로 참 불행한 삶을 살고 있는 것입니다.

그러니 그런 사람을 잠깐 만났다면, 나를 힘들게 하는 것보다 훨씬 더 본인을 괴롭히고 있음을 기억하세요. 그리고 홀홀 털어버리세요. 할 수만 있다면 마음속으로 '저 사람이 더 이상 스스로를 힘들게 하지 않으시기를.', '본인의 상처 때문에 다른 사람을 상처주지 않기를' 하고 자비로운 마음을 내어보세요. 치유되지 못한 상처가 많은 사람일수록 다른 사람에게 상처를 주기 마련입니다.

그리고 그 사람이 주는 화와 짜증은 받지 말고 흘려보내세요. 상대가 화를 내면 우리는 '아니 그게 아니라요...' 하며 변명을 하거나 '아니 뭘 그런 걸로 화를 냅니까?'라며 똑같이 화를 냅니다. 그렇다면 이미 상대방의 부정적인 감정을 받아서 그 속에 휘말려든 겁니다. 그러면 불에 기름을 붓듯이 분노의 감정은 더 커질 뿐입니다.

엄밀히 말하면 화와 짜증을 내는 사람은 혼자 분함을 표출하고 있는 것입니다. 그 표출된 감정을 내가 받아들이면 나도 화나고 짜증 나고 괴롭지만, 그 감정을 받지 않으면 그 감정은 그 사람의 것입니다. 내가 괜히 그 사람의 부정적인 감정을 받아서 괴로워할 필요가 없는 것이죠.

그러니 화를 받지 말고 마치 투명 인간이 된 듯 상대의 부정적 감정이 나를 통과해서 그냥 흘러가도록 해보세요. 그저 묵묵히 있으되 화와 짜증 섞인 그 말들을 붙잡지 말고 그냥 흘려버리세요.

할 수만 있다면 "그렇게 느끼셨다면 죄송합니다."라고 말하는 것도 상대의 부정적인 감정을 빠르게 흘려보내는 데 도움이 됩니다. 반박하지 않고 사과하면 걸림돌이 없기 때문에 그 분노가 더 빠르게 흘러갑니다.

중요한 것은 마음에 담지 않고 흘려보내는 겁니다. 이미 그 사람의 화와 분노는 지나갔는데 계속 그 사건을 붙잡고 곱씹는데 시간을 쓰면 더 괴로워지겠죠.

진상인 사람이 당신의 기분을 결정하게 만들지 마세요. 내 마음의 주인이 되세요. 나의 생각과 기분과 행동은 내가 결정할 수 있으니까요.

* 진상이라고 생각하는 사람 때문에 힘들었던 일이 있다면 적어보
세요.

_____

_____

_____

_____

_____

_____

_____

_____

_____

_____

_____

_____

_____

_____

_____

_____

_____

_____

_____

* 그 사람의 말과 행동은 그 사람 자신에게 어떤 안 좋은 영향을
줄까요?

_____

_____

_____

_____

_____

_____

_____

_____

_____

_____

_____

_____

_____

_____

_____

_____

_____

* 그 사람이 내뿜는 짜증이나 분노를 받지 않으면, 그것은 그 사람의 것입니다. 눈을 감고 다시 그 상황으로 돌아가서 짜증과 분노를 받지 않고 흘려보내는 연습을 해보세요. 어떤 말을 하면 그 분노가 빠르게 흘러가도록 만들 수 있을까요?

거절을 못하는 당신에게

다른 사람의 부탁을 거절하는 건 쉽지 않은 일이죠. 혹시 부탁을 들어주기 어려운 상황인데도 거절을 못해서 무리한 부탁까지 들어주고 있지는 않나요? 왜 부탁을 거절하는 게 그토록 힘이 드는 걸까요?

거절을 잘 못하고 있다면 내가 모든 사람에게 미움 받지 않으려고 애쓰는 건 아닌지 살펴보세요. 부탁을 거절하면 그 사람에게 미움 받을 까봐 혹은 그 사람과의 관계가 틀어질까봐 지나치게 걱정하고 있지는 않은가요?

그렇다면 중요한 사실을 놓치고 있습니다. 거절은 '상대방'을 거절하는 것이 아니라 '부탁 내용'을 거절한다는 사실입니다. 단지 상대방의 부탁 내용과 나의 상황이 맞지 않아 요구를 들어주기 어려운 것 일뿐 그 사람을 거부하는 것이 아닙니다. 그러니 그 사람과 관계가 나빠질까봐 걱정하지 말고, 솔직하게 나의 상황을 얘기해보세요.

예를 들어 제가 당신에게 지금 당장 100만원을 빌려달라고 부탁하면 어떻게 하실 건가요? 당연히 거절하시겠죠? 그 이유는 저의 부탁 내용과 당신의 상황이 맞지 않기 때문입니다. 그런데 제가 부탁 내용을 바꿔서 다음 달에 이자 10%와 함께 돌려드린다며 1만원만 빌려달라고 하면 어떨까요. 아까보다는 부탁을 받아들일 가능성이 훨씬 커지겠죠?

아니면 부탁 내용은 그대로인데, 당신의 상황이 변했다고 가정해볼 게요. 당신에게 평생 일을 안 해도 충분한 돈이 생겼다고 해봅시다. 상상만 해도 즐겁죠? 당신은 스스로를 위해서만 돈을 쓰는 것이 지쳐서 이제는 남을 돕거나 의미 있는 일에 돈을 쓰고 싶은 상황입니다. 그렇다면 제가 똑같이 100만원을 빌려달라고 부탁했을 때 좀 더 받아들일 가능성이 커지지 않겠어요?

이렇게 거절이라는 것은 단지 부탁 내용과 상황이 맞지 않기 때문에 그 부탁 내용을 거절할 뿐이라는 것을 기억해야 합니다. 부탁 내용이나 상황이 달라지면 부탁이 받아들여 질 수 있습니다. 즉 거절은 상대방 자체를 거절하는 게 아니라 그 부탁 내용만을 거절하는 것입니다.

마찬가지로 내 부탁이 거절당한 경우에도 상대방이 '나'를 거절하는 것이 아니라 내 '부탁 내용'만 거절할 뿐이라는 걸 잊지 마세요. 그의 상황과 나의 부탁 내용이 맞지 않을 뿐 둘 중 누군가의 상황이 달라지거나 나의 요구가 달라진다면 충분히 받아들여질 수 있으니까요. 나를 거부하는 것이 아니기 때문에 실망할 필요가 없습니다.

상대방의 기분이 크게 상하지 않게 거절하고 싶다면 이렇게 해보세요. 내 상황을 솔직하게 설명하고, '어떻게 해야 할까?'라고 질문

해서 상대방이 해결책을 찾는데 집중하도록 만드는 것입니다.

돈을 빌려달라는 친구라면 나의 상황을 설명한 뒤 "어떻게 하지? 돈을 빌릴 수 있는 다른 방법이 없을까?"라고 물어보는 겁니다. 이렇게 하면 상대방은 곰곰이 생각하다가 "어쩔 수 없지. 다른 곳을 알아봐야겠다."라며 스스로 해결책을 찾게 됩니다.

'어떻게 해야 할까?'라는 질문은 스스로 해결책을 찾게 하고 선택하게 합니다. 그러면 거절당했다는 느낌보다 문제 해결에 초점을 두게 되고 그 상황을 좀 더 가볍게 넘어갈 수 있습니다.

거절하는 것은 상대방을 거부하는 것이 아니라 부탁 내용만을 거절한다는 것 꼭 잊지 마세요.

* 거절을 못해서 무리한 부탁을 들어준 적이 있다면 적어보세요.

_____

_____

_____

_____

_____

_____

_____

_____

_____

_____

_____

_____

_____

_____

_____

_____

_____

_____

_____

* 거절을 못한 이유가 무엇 때문인가요?

_____

_____

_____

_____

_____

_____

_____

_____

* 거절은 '상대방'을 거절하는 것이 아니라 '부탁'을 거절하는 것뿐
입니다. 그 부탁을 거절했어야 했던 이유를 적어보세요.

_____

_____

_____

_____

_____

_____

_____

* 그 때로 돌아갔다고 가정하고 거절을 연습해봅니다. 거절해야하는 나의 상황을 솔직하게 표현하고, 상대방이 스스로 해답을 찾을 수 있게 "어떻게 하면 좋을까? 다른 방법이 없을까?"라는 말을 덧붙여보세요.

_____

_____

_____

_____

_____

_____

_____

_____

_____

_____

_____

_____

_____

_____

_____

_____

상처주지 않고 대화하고 싶은 당신에게

의도하지 않았는데 상대에게 상처 주는 말을 하게 되는 순간이 있습니다. 내가 사랑하는 친구나 연인, 나의 자녀, 부모님 등 소중한 사람에게 상처 주지 않으려면 어떻게 대화해야 할까요?

우리가 무심코 하는 말 중에는 폭력적인 말이 생각보다 많습니다. 누군가에게 욕을 하거나 화를 내는 것처럼 직접적이고 공격적인 말이 아니더라도 상대방을 마음대로 평가하고 판단해서 말하는 것도 폭력적인 말이라고 볼 수 있습니다.

'당신은 정말 비인간적이야.', '너는 너무 신경질적이야.', '너 지금 나 무시하는 거니?' 이런 말들도 상대를 자기 마음대로 평가하고 판단 내리기 때문에 상대에게 상처를 줄 수 있는 말이라는 거죠.

마셜 B. 로젠버그의 〈비폭력 대화〉에서는 나의 판단을 섞지 않고 '관찰'한 것만 이야기하라고 권합니다. 왜냐하면 관찰에 평가를 섞으면 듣는 사람이 그것을 비판으로 받아들일 수 있기 때문입니다.

누군가가 "너는 왜 이렇게 시간 개념이 없니?"라고 말하면 기분이 어떨 거 같나요? 당연히 나쁘겠죠. '시간 개념이 없다' 말에는 평가가 섞여있습니다. 시간 개념이 없다는 것은 어떤 사건을 관찰한 뒤에 내가 내린 평가이기 때문입니다. 이렇게 말하면 공격적으로 느껴지기 때문에 상대방은 자신을 방어하기 위해 변명거리를 말하게 됩니다.

그런데 만약 이렇게 말하면 기분이 어떨까요. "너는 나랑 세 번 약속했는데 세 번 다 늦게 왔어." 아까 말한 거랑 내용은 비슷한데 느낌이 많이 다르지 않나요? 이렇게 표현하면 자연스럽게 미안한 마음이 들겠죠. 이게 바로 평가를 제외하고 관찰한 것만 표현하는 방법입니다.

이렇게 상대방을 내 마음대로 판단하지 않고 있는 그대로 관찰한 것을 말하는 연습만 해도 나의 잘못된 판단으로 인한 상대방과의 갈등을 막을 수 있습니다.

관찰한 내용을 말할 때 나의 솔직한 '느낌'과 '욕구'도 함께 표현해 보세요. "네가 세 번 모두 늦게 와서 화가 나. 나는 네가 나와 한 약속을 소중히 여겼으면 좋겠어."라고 말하는 겁니다. 이렇게 말하면 나의 감정을 솔직하게 전할 수 있고, 화가 난 이유를 욕구와 함께 드러냈기 때문에 상대방이 그것을 수용하고 받아들이기 쉽습니다.

우리는 보통 욕구를 잘 드러내지 않고 대화하는 데 익숙합니다. 하지만 내가 원하는 바를 표현하지 않으면서 상대가 다 알아주길 바라는 것은 너무 큰 기대입니다. 오히려 내가 원하는 것을 정확하게 인식하고 드러내는 것이 그 욕구를 충족시킬 수 있는 효과적인 방법입니다. 왜냐면 욕구는 우리 모두가 갖고 있는 것이기 때문에 욕구를 드러내면 상대방도 공감하기 쉽기 때문입니다. 상대가 내 욕구에 공감하면 내가 원하는 걸 들어줄 가능성은 당연히 높아지겠죠?

만약 상대에게 요청할 일이 있을 때 상처주지 않고 싶다면 '강요'가 아니라 '부탁'을 해보세요. 강요와 부탁의 차이점은 거절당했을 때 드러납니다. 상대가 거절했을 때도 거절한 상대의 마음을 이해하고 공감해줄 수 있어야 부탁입니다.

반면, 상대가 거절했을 때 상대방에게 비판을 하거나 죄책감을 느끼게 한다면 그것은 '강요'입니다. "네가 어떻게 내 부탁을 거절할 수가 있어?" 혹은 "이 정도 부탁도 못 들어주니?"라고 반응한다면 부탁이 아니라 강요겠죠.

따라서 부탁이 강요가 되지 않게 거절당했을 때도 상대의 선택을 존중해주어야 합니다.

내가 사랑하는 친구나 연인, 나의 자녀, 부모님 등 소중한 사람을 위해 판단하지 않고 관찰한 것만 말하기, 솔직한 느낌과 욕구 표현하기, 강요가 아니라 부탁하기를 한 번 연습해볼까요?

〈비폭력 대화 연습 노트〉

상대방에게 상처 주었던 말을 떠올려 적어보세요.	그 때 객관적으로 '관찰'한 내용만 적어보세요.
(예시) 넌 왜 그렇게 시간개념이 없니?	(예시) 그 친구는 나랑 3번 약속했는데 약속시간에 3번 다 늦게 왔다.
그 상황에서 나에게 어떤 '느낌'과 '욕구'가 있었나요?	그 상황에서 상대방에게 어떤 '부탁'을 하면 좋을까요?
(예시) 화가 난다. 나랑 한 약속을 소중하게 여겨줬으면 좋겠다.	(예시) 앞으로는 약속시간에 늦지 말고 와줄래?

* 다시 그 상황으로 되돌아갔다고 상상하며 위에 적은 관찰, 느낌, 욕구, 부탁이 잘 드러나게 얘기해보세요.

잔소리 때문에 괴로운 당신에게

걱정해서 하는 말이라지만 때로는 마음을 괴롭게 하는 것이 잔소리입니다. 잔소리 때문에 괴로운 마음을 어떻게 다스려야 할까요? 잔소리에 어떻게 반응해야 가볍게 상황을 넘길 수 있을까요?

마셜 B. 로젠버그의 〈비폭력 대화〉에서는 듣기 힘든 말을 들었을 때 우리가 선택할 수 있는 반응이 4가지라고 말합니다.

첫 번째 반응은 '나 비난하기'입니다. 누군가에게 비난을 받았을 때 그 책임이 '나'에게 있다고 생각하고 수치심이나 우울함을 느끼는 반응입니다. "아직도 취업 못했니?"라는 말을 들었다면 '내가 취업 못한 건 내 잘못이야.', '나에게 문제가 있어.' 라고 반응하는 것이죠. 이러한 반응은 스스로의 마음을 해치게 합니다.

두 번째 반응은 '남 비난하기'입니다. 나에게 비난을 한 상대방을 탓하는 거죠. 상대방의 말에 반박해서 오히려 그 사람을 공격하는 방식입니다. "도대체 결혼을 언제 할래?"라는 말을 들었을 때 "당신이 내 결혼에 보태준 거 있어요?", "당신은 결혼을 잘 하셨나요?", "내가 결혼 못한 건 당신 때문이에요." 이렇게 상대를 공격하는 겁니다. 이렇게 반응했다간 상대방과 갈등이 더 심해질 수 있겠죠?

세 번째 반응은 나의 느낌과 욕구를 솔직하게 표현하는 것입니다. 상대의 비난을 들었을 때 나에게 느껴지는 느낌과 욕구를 솔직하게 말하는 건데요. "아직도 취업을 못했니?" 라는 말을 들었다면 "저도 취업하고 싶은데, 안 되서 너무 속상해요.", "저도 나름대로 노력하고 있는데 그렇게 말씀하시니 서운합니다." 이렇게 나의 감정과 원하는 바를 말하는 거죠.

너무 반복되는 잔소리에 힘이 든다면 이렇게 나의 심정을 표현하는 것도 효과적인 대안이 될 수 있습니다.

네 번째 반응은 상대방의 느낌과 욕구를 알아주는 방법입니다. 상대방이 무엇을 원하는지, 어떤 감정 상태인지 빠르게 파악하는 건데요. 쉽게 말해 그 사람이 잔소리를 하는 이유를 알아주는 것입니다.

사실 누군가가 잔소리를 하는 이유는 나를 비난하려는 목적보다는 본인의 걱정, 불안, 불만 등을 표현하려는 것뿐입니다. 그러므로 상대방의 말 속에 숨어있는 느낌과 욕구를 알아주면 상대방은 금방 기분이 풀립니다.

잔소리 속에는 내가 걱정스럽다는 느낌과 내가 잘 되었으면 하는 욕구를 담고 있습니다. 그러니 그걸 알아주며 "제가 취업을 못해서 걱정스러우시죠.", "제가 빨리 자리 잡아서 돈 많이 벌기 바라시죠.", "제가 결혼을 못해서 속상하시죠.", "제가 좋은 짝 만나서 결혼하기 원하시죠.", "저도 빨리 결혼하고 싶은데 잘 안되네요.", "걱정해주셔서 감사합니다." 이렇게 넉살좋게 얘기해보면 어떨까요.

상대방의 느낌과 욕구를 알아주면 그것이 해소되면서 상대방은 더 이상 길게 이야기하지 않게 된답니다. 변명이나 설명은 오히려 잔소리를 길어지게 할 뿐입니다.

잔소리가 조금 듣기 싫더라도 그 안에 담긴 느낌과 욕구에 집중한다면 공격적으로 받아들이는 것이 아니라 좀 더 가볍게 받아들일 수 있습니다.

상대방의 잔소리에 대해 나를 탓할 것인지, 그 사람을 탓할 것인지, 나의 솔직한 마음을 표현할 것인지, 상대방의 마음을 알아주고 풀어줄 것인지, 이 네 가지 중에서 선택하는 건 내 몫입니다. 어떤 기분으로 어떤 반응을 선택할지는 상대방의 책임이 아니라 내 책임입니다. 상대방이 똑같은 말을 해도 나는 다르게 반응할 수 있으니까요.

당신은 어떤 반응을 선택하고 싶나요?

* 어떤 잔소리를 듣기 싫은가요?

_____

_____

_____

_____

_____

_____

_____

_____

_____

_____

_____

_____

_____

_____

_____

_____

_____

_____

* 그 잔소리를 들으면 어떤 느낌이 드나요? 그 느낌이 드는 이유
는 나의 어떤 욕구 때문일까요?

_____

_____

_____

_____

_____

_____

_____

_____

_____

_____

_____

_____

_____

_____

_____

_____

* 상대방이 그 잔소리를 하는 이유는 뭘까요? 잔소리에 담긴 상대
의 느낌과 욕구를 적어보세요.

_____

_____

_____

_____

_____

_____

_____

_____

_____

_____

_____

_____

_____

_____

_____

_____

_____

_____

_____

* 상대방의 느낌과 욕구를 알아주기 위해 어떤 말을 해주면 좋을
까요?

_____

_____

_____

_____

_____

_____

_____

_____

_____

_____

_____

_____

_____

_____

_____

_____

_____

에필로그

하늘 위 구름들을 가만히 관찰해 본 적이 있나요?
수많은 구름들이 생겨나고 사라지고 시시때때로 모양을 바꿔가며
한 순간도 가만히 있지 않고 움직이고 있습니다.

우리의 마음속도 마찬가지입니다. 늘 생각이 일어났다 사라지고 감
정이 일어났다 사라지며 어제는 이랬다가 오늘은 저랬다가 시시때
때로 마음이 변합니다.

하지만 나는 쉴 새 없이 변하는 구름이 아니라 그 모든 것을 담고
있는 하늘이라는 것을 깨닫는다면, 어떤 마음이 일어나더라도 고요
하게 그것을 바라볼 수 있습니다.

지금 내 마음을 들여다보고, 마음을 돌보아주고, 마음가짐을 바꿀
수 있기를. 그래서 당신이 인생의 순간순간을 편안하고 행복한 마
음으로 보낼 수 있기를 기도합니다.

2020. 10.
진미쌤 드림

참고 문헌

1장
데보라 킹, 〈진실이 치유한다〉
이와이 도시노리, 〈아들러의 결정적 말 한마디〉
이봉희, 〈내 마음을 만지다〉
로먼 크르즈나릭, 〈인생학교 일〉

2장
마이클 A. 싱어, 〈상처받지 않는 영혼〉
에크하르트 톨레, 〈지금 이 순간을 살아라〉
마셜 B. 로젠버그, 〈비폭력 대화〉
아니타 무르자니, 〈그리고 모든 것이 변했다〉

3장
에크하르트 톨레, 〈지금 이 순간을 살아라〉
서광스님, 〈치유하는 불교 읽기〉
권석만, 〈현대 심리치료와 상담 이론〉
마이클 싱어, 〈될 일은 된다〉

4장
오카다 다카시, 〈나는 왜 혼자가 편할까〉
장현갑, 〈생각정원〉
이봉희, 〈내 마음을 만지다〉
용수스님, 〈안되겠다, 내 마음 좀 들여다봐야겠다〉
마셜 B. 로젠버그 〈비폭력 대화〉
캐서린 한, 〈인간관계와 의사소통을 위한 비폭력 대화〉
김상운, 〈리듬〉